JN082284

私以外みんな不潔

能町みね子

幻冬舎文庫

私以外みんな不潔

1

26から始まって、だんだん減っていきます。減っていって、最後が1になるのかと思いきや、3か4くらいで底をついて、そのあと少し増えて、駅に着く。

なんのことかって、札幌のバスのことです。

マンションから出てすぐのところにバス停があって、そこは20を超える大きな数字なのです。乗っていくとそこから少しずつ数が減り、途中で「10条10丁目」を通る。

ここが私は好きです。

道が狭くて、バス停のまぁるい看板が車窓のすぐ横っちょに見える。そこに書かれた10と10。数字の並びはキリがよいし、直線と円が規則的に並ぶ字面も気持ちがよいし、じゅーじょーじゅっちょーめという響きも、小さいやゆよが多くてシズル感があり、口の中にちょっと唾が満ちる。じゅーじょーじゅっちょーめでございます。じゅ、じょ、じゅ。言ってみる。

ひとけたになってくるとだいぶ都会になってきます。3とか4になると高いビルが増え、道も太くなる。雪印の大きな看板が見える。そのへんから数字があまり出てこなくなって、大きな札幌の駅に着きます。

さっぽろには、「っ」と「ぽ」があるのがよいです。どちらもあまり見られない文字で、心浮き立つ。「ぽ」なんて、「゜」がついているんだ。反則のような字面。ちょっとおちゃらけていて、マジメな駅の名前というものに使っていいのかしら、と思う。駅の柱についている琺瑯《ほうろう》の看板。縦書きで、紺地に白字で「さっぽろ」と書いてあるそのバランスがかわいらしい。紺地にぬられた四角の外側には、白色とオレンジ色で二重の枠がある。この統一されたデザインにわくわくします。

汽車が札幌を出る。なえぼ、しろいし、しんさっぽろ。どこにでも、紺地に白字で書かれた看板がある。レタリングできれいに縁取られているけれど、手書きの温かみのある太いゴシック体。文字の数によって、字と字のあいだに広めのスペースが取ってあったり、ちょっと横につぶれた字になっていたり、する。

かみのっぽろ。ここには「のっぽ」という言葉が入っているので、当然私は、背の高い、ぼうっとしたのっぽのおじさんを想起します。教育テレビのノッポさんに加えて、上野幌の原野の色のイメージもあって、枯草色の服を着ている姿を思い浮かべます。

きたひろしま。ここは親戚のおじさんが住んでいる街。ひろしまという大きな街が南のほうにあるのは、私は博学だから、知っています。それよりも北にあるからきたひろしまだと聞きました。

しままつ。家に常備してあるしましまのクッキーが頭に浮かぶので、白と黒の太い、雰囲気のやわらかい縞模様のイメージ。

えにわ。変な響き。「に」の部分で、口の中にくにゃっとしたものがつぶれる。汚いオレンジ色。

おさつ。笑っちゃう。母が好きなおさつスナックそのままの名前。おさつ駅はさつまいもの色。

ちとせ。ちとせ飴の味。

そしてちとせくうこう。

ちとせくうこうの駅は、ホームの屋根から吊ってある看板が、ほかの駅と違って黒地に白い文字になっています。ほかの駅は白地に黒のペンキだから、こちらのほうがスタイリッシュでかっこいいようで、この世のものではないようで、身がすくむような怖さもあります。私はここから先に行ったことがない。ちとせくうこうのひとつ先の駅は「びび」と「おいわけ」。看板にふたつ、分け書きしてあります。

「びび」とは。

激しい響き。宇宙人の名前のよう。どんな風景が広がるのか。

私は「びび」にあこがれた。しかし、びびには絶対に行くことができない。いつでも、びびに行く手前のちとせくうこうでみんな降りなきゃいけないんです。

そして飛行機は飛んだ。

無事に空を渡った飛行機は羽田空港に着き、そこからモノレールに乗る。はままつちょうという駅に着きました。いつも見ている札幌あたりと同じ琺瑯の看板に、窮屈そうにひらがなが収まっている。「ま」が二つ並んでいるし、「つ」と「ちょ」の並びのところがちょっとおもしろい音で、ユーモラスな場所です。

「ゆうらくちょう」は「ゆうら」というところが上品でたおやかで好ましいな、と思う。黄緑色を思い浮かべる。とうきょう、かんだ、あきはばら。おかちまち。

おかちまち？　変な名前。

これは駅の名前だから、そんなことはありえないとわかっている。わかっているけれど、これは「おかし」を赤ちゃん言葉で言ってるんじゃないかしら。「おかち」のまち、おかちまち。私はもうそんな子供じゃないんだけど。おかちのまちに来た人は、みんな赤ちゃんになっちゃいます。ふふ。

うえので乗り換え。

「にっぽり」だって。変なの。「に」がまず変な、汚らしい音だし、「に」のせいで「っぽ」もふざけた擬音みたいに聞こえる。いやだな。「さっぽろ」はいいけど、「にっぽり」はいやだ。茶色。

きたせんじゅは、せんじゅという響きがキラキラしている。真珠に似ているからそう思うんだな、ってすぐ気づいた。はかなくて美しい感じがする。パステルカラーの水色。

まつど。かしわ。

――いつ以来かわからないくらい久しぶりに飛行機に乗って、疲れていた。私は寝てしまったみたい。起こされ、ねぼけまなこで電車を降りる。蝉がやかましく鳴いている。新しい、無機質な建物の階段をのぼり、改札を出て、がらんとしたひと気のないコンコースに出る。

父の眉、目玉、顔のしわなどはそれぞれが極端に大きく、要素がぶあつく、剃り跡のヒゲのつぶつぶのひとつひとつがこれでもかと鮮明に肌から浮き立っていて、一目で顔全体をとらえることができないので、怖い。父の顔は一度表情をつくるごとにたいへんなエネルギーを使うと思われるので、そんなに表情が変化しない。その父が私のはるか頭上で、困ったような、笑ったような、珍しくたくさんの筋肉を使って豊かな顔つきをしている。まいったなあ、という顔。

母は小さく困っている。

以前に来たときとはここの様子がまるで違ってしまっているようなのです。改札からまず左右のどちらに行ったらいいかわからない、ということで、父と母は軽く相談し、父が一人で左を偵察しに行き、そのあいだ私たちは待たされることになりました。

よく日の入るコンコースを小走りでゆく父の背中が少しずつ小さくなって、だいぶ先の階段をおりてゆき、頭の先が見えなくなった。さほど経たず、また大きく苦った表情をつくった父がタンタンと地面から生えるようにあがってきて、頭上で大きな×

印をつくる。どうやら、左に行ってもどうしようもないらしい。

右側の出口は前に来たときからおなじみのようで、父と母は私と姉と弟を連れて階段をおり、いつもどおりといったふうにタクシーに乗りこみました。母が取っ手をぐるんぐるん回して窓を開ける。車が右にきもちよく曲がって、風が吹きこんでくる。アスファルトがひび割れていて、小石がたくさんはさまっている。踏切を渡って、ダンボールとくだものがたくさん並んでいる右手のお店を見ながらまた車がきもちよく左にカーブ、父の言う曲がり角は黄緑色の看板がある工務店で、そこを左に曲がり、まるで車が走らない太い道を渡り、住宅街の一角、左側に、きもちのわるい丸い穴のあいたブロックが積み上げられ、その上に錆びついたエメラルドグリーンのフェンスが設置してある場所で車は停まった。

長々しい旅の果ての終点に私は着いたようです。

ここが、新しく私の住むところであるらしい。来たことがあるはずなので、一度見た景色のような気もするけれど、新鮮に感じたのでたぶん覚えていないんでしょう。しかし、父に「覚えてないだろう」と言われるのは癪《しゃく》なので、懐かしいようなふりをする。そんな小芝居はできる年です。

札幌のマンションの鉄扉と違い、戸は軽く、ノブに施された装飾もきれい。戸を開けると中は別に涼しいわけでもなく、見覚えのある祖母が玄関で迎えてくれました。木の廊下はぺたぺたとして涼しい。居間に入る戸にレースのカーテンが掛けてあり、ガラスのはめられたその戸を横に引くとやっとクーラーの冷気が覆ってくれる。

アラベスク模様のじゅうたんは迷路なのです。白いところだけたどっていくと、どこかに通じる。くねくねと唐草模様に阻まれて、時には行き止まり、白い部分がつながっているのかどうか解釈に困るような部分もあって。

茶色い木目調のクーラーがよく効いたキンとした部屋で私がじゅうたんを目でなぞっていると、半袖の祖母が西瓜《すいか》を切って出してくれました。祖母の半袖、解釈に困るような部分がある。二の腕がたるん、と垂れていて、生々しいものを見てしまったような。それでも私はそのうち、そのたるたるとした二の腕をゆすったりさわったりするのが好きになりました。

歓迎のしるしのように、ピンクと白の縞模様の折りたたみテーブルが迷路のじゅうたんの上に出され、私たち子供三人は小さなテーブルにむらがって西瓜を食べます。

折りたたみテーブルの脚が一つ錆びていて開ききらない、その左右非対称な形が許せない。けれども、鉄製の金具の部分に指が挟まるととても痛いので、私はなるべくそれをさわりません。

西瓜は赤いところがなくなるまで食べるのだ。黒い種は飛ばしやすい。白い種は飛ばない。舌に載せて、指でつまんでお皿にはじく。種で一杯になったお皿に、種と同じくらいの水深で西瓜の果汁が薄く溜まる。それをズズとすするところまでが西瓜です。

いつもの満足な夏休みと変わらない午後だけど、私たちがこの日に引っ越しというものをしたことは明らかで、かといって、祖母といっしょに暮らすことになった以外は家族に何か変化があったようにも思えず、不安もなければ期待もない西瓜を私は平らげました。

西瓜を食べ終わった私は、姉と弟と三人で南の畳の部屋に行く。

日が少しだけ差しこむ薄暗い畳の六畳間、ここへは居間から四畳半の仏間を経由して来ます。クーラーの冷気もここまではあまり届かないので、居間と四畳半の間の戸を閉《た》てて窓を網戸にして風を通す。八月下旬の夕方の生ぬるさは心地よい。箱にキャスターのついたあいうえおの積み木はもうこちらに運んでありました。おおかたの荷物は札幌からすでに移動してあったようです。

積み木は厚みが二センチくらい、一辺が六センチくらいの正方形で、表面はつるつる、ひらがながひとつひとつ書いてある。裏面にはその文字で始まるものの絵が描いてあり、鮮やかで単純明快な色が塗られている。側面には木目が見えていて、なでると少し指が引っかかります。角はまるみを帯びていて、私はそのまるみをさわるのが好き。四つの積み木を縦二、横二の正方形に並べると、角のまるみでまんなかにダイヤ形の空洞ができます。このキランとした形も好き。

「あ」の積み木の裏にはあひるの絵。「う」にはうしの絵。私は母から、あひるさんだねぇ、うしさんだよ、と言われて教えられてきた。

私は「さん」をつけられるのが嫌い。

大人が動物に「さん」なんてつけないのは知っている。大人が私に話すとき、「あひるさん」「うしさん」なんて言ってくるのは、私のことを子供だと思ってバカにしているのである。でも、私は子供のふりをしないといけない。五歳には五歳なりの見られ方があることは承知しているので、「あひるさん」と言われたならば、「あひる……（さん）」と小さな声で「さん」をつけます。生意気な、何かよからぬことを考えるような子供でいるのは両親の心配の元である。

積み木を縦向きに三つ立てて、上に一枚載せるとちょうど横幅がぴったり揃います。そして、縦三つのまんなかの一つをぬく。こうすると、コの字形を伏せたようなお部屋が一つできます。

畳の上は不安定だから、畳のへりの、土台のしっかりした帯のような部分にきれいにあいうえおを積んでいきます。一つ目のお部屋の右の柱を少し右にずらして、その右にもう一本の柱となる積み木を置いて、この二つの柱の上に屋根を置く。こうすると五つの積み木でお部屋が二つできます。こうして横に横にと部屋を増やしていきます。

部屋が五つくらいできたら、その上に二階を作ります。弟に積み木を取ってもらって、私と姉が建設。少しずつマンションができていきます。

四階建ての建物があらかた完成すると、マンションの小部屋に弟がたくさんのチョロQやミニカーを入居させていきます。畳の上の大規模マンションはすぐに満室になります。

ちょっと離れた畳の上に、余ったあいうえおを平たく置きます。「に」とか「ふ」とか、裏側の絵とかが何らかの意味を作りそうで作りません。長方形に六つ置いたら、そこは幼稚園です。幼稚園に、赤い少し大きめのミニカーを置きます。この赤い人は、幼稚園の先生。姉が先生をやる。私と弟はミニカーの子供たちとなって、マンションから幼稚園へ通う。

マンションと幼稚園による地域コミュニティをひととおり形成し、運営して、ちょっと遊び飽きる。

マンションの柱を一本ぬいてみる。屋根の部分がグッと少し傾くけど、倒れない。もう一本、別のところをぬいてみる。またグッとたわむ。ぬくたびにうわー！　きゃー！　と笑いながら、三人で慎重に一本一本ぬいていく。あるところでぐしゃんと一気に壊れる。大事故。絶叫。大笑い。

大規模建設、地域社会の形成、そして大破壊、大量のミニカーが巻きこまれる事故。あいうえおの世界で長い長い時間がすぎたら、私たちはキャスターのついた木の箱にきれいに平たく積み木をはめこんで、たくさんのダイヤの形を確認しながらおかたづけをする。なにもかもが無に帰する。弟はミニカーをお菓子の缶にがしゃがしゃに入れます。

ごはんは嫌い。おひたしは醬油の味がきつすぎるし、酢の物は匂いがいや。コロッケはいいけれど、ブルドックソースは辛すぎる。マヨネーズは酸っぱくてくさいし、ケチャップも異様に酸っぱい。サラダのドレッシングもぜんぶ味が強烈すぎるし、これもくさい。味をつけるものは、砂糖や少しの塩や味の素以外は何もかも強すぎる。そのくせ、いつも出てくるお米は何の味もせず、いつまでも口の中でねちゃねちゃしていてしつこい。

くだものやビスケット、チョコ以外はほんとうは何も食べたくない。でも、午後六時くらいにはごはんを食べるということになっているのです。食べられないものについては、食べなきゃいけないことにはなっていないから食べないというだけで、「そうなっていること」について私は抵抗するつもりはありません。

ごはんを食べたら、お風呂に入ることになっている。目に水が入るのがとってもといってもいやだけれど、髪は洗うことになっているので、洗ってもらいます。そのあとはパジャマに着替えて歯を磨くことになっています。そして、寝ることになっています。「そうなっていること」に忠実に従って、私の毎日はすぎてゆく。

二階の子供部屋は、姉と二人で使う部屋。

札幌のときの、床に緑の堅いじゅうたんが敷き詰められた部屋も好きだったけれど、こちらの部屋は以前よりもだいぶ広いし、なにより二段ベッドがあることに心が躍ります。

部屋の奥に寄せて置かれた二段ベッドは、こちらに引っ越してくるにあたって買ってもらったものです。焦げ茶色の木で囲われた枠のことをベッドと呼ぶのだそうで、ここに私たちは寝るらしい。木枠は、上下に二つ重なっている。私は下に寝ます。上に寝る姉は、同じ焦げ茶色の梯子《はしご》でのぼります。

木枠の中には敷きぶとんが押し込めてあるので、以前にふとんで寝ていたときとさほど寝心地は変わらない。けれども、上に台がかぶせられているからそれが屋根となって、下段は少し暗く、個室状のおもむきがある。自分だけの小さな空間ができた感じ。ベッドは部屋の奥の壁にぴったり寄せてあるけれど、木枠と壁の間には少しだけすきまがある。私は鼻をほじって、黄色いカスをそこに落としてみました。そんな背徳。ちりも積もれば山、このすきまが少しずつ満たされたら数年後にはどうなるのかな、なんて灰色の笑顔を浮かべながら。

あおむけに寝ると、上の段の寝台の裏側が見えます。簡素な板張りで、補強のために横木がたくさん渡っています。

板には小さな穴がたくさん開いている。穴はタテヨコきれいに並んでいます。目で穴の位置をたどりながら、点と点をつないで正方形をつくる。長方形もできる。斜めにたどって三角形。ダイヤの形もできる。ダイヤの形の中に十字。横に長い長ーい長方形。あ、横木のせいで、縦に長い長方形はつくれない。

寝転がったまま両脚をあげて、横木に足の指を掛けてみます。そして、梯子をのぼるように、寝たまま足だけで横木をのぼってみる。腰を上げて、足はどんどん頭側のほうへ。頭の真上の横木まで届かせたいけど、まだ脚が短くて無理みたいだね。

でも、私は毎日背が伸びる。いつかはあそこに足が届く。背、早く伸びないかな。

首が落ちつかないので私は枕があまり好きではない。大人はなんでこんなものを使うのだろう。枕はその場に置いたまま、私は枕とベッドの木枠の間、敷きぶとんがいちばんふかふかになった溝のようなところに頭をうずめて寝ます。窮屈にこじ入れられたふとんのへりの部分は、少し盛り上がっている。ここがいちばん落ちつくの。

姉が電気のひもを引っぱって蛍光灯を消し、オレンジ色のこだまだけにする。目を閉じます。暗いんだけど、まぶたの裏にいろんなものが見える。

真っ暗のなかによく登場するのは、一面のひらがな。暗いオレンジ、緑、赤、黄色などの太い丸ゴシック体の小さなあいうえおたちが、闇の中でぎっしりと複数の同心円を描いて並んでいて、あらゆるところが渦や歯車のように動いている。視界がすべて数千数万の小さなひらがなで満たされ、言葉はまったく成されていない。とらえきれないほどのかわいいひらがながただうごめく姿に守られながら、私は眠りに落ちてゆきます。

2

友達というものがよくわかりません。

札幌にいたときは、同じマンションのどこかの部屋に住んでいたマーちゃんと私が同い年だということでまず母どうしが仲よくなり、私とマーちゃんも何度か会ううちに仲よくなっていて、するとお互いの母が、友達だ、友達だとはやし立て、そう言われるならば友達なのか、と思っていたのですが、札幌を離れこちらに来る段になって、これをもってお別れだという儀式をしたわけでもなく、こちらに来てからは特にマーちゃんを思い出すこともありません。また別に、ある日マンションの駐車場の物置の裏で偶然出会ったどこの誰ともわからない男の子とその日一日仲よくなったことがあり、そのときは親もおらずお互いひとりどうしだったこともあって、二人きりで駐車場じゅうの行ったことのないあらゆる隅に行くなどして明らかにマーちゃんといるときより楽しかったのだけど、その日っきりで二度と会うこともなく、名前すらも聞きませんでした。

札幌の幼稚園で遊ぶ子も決まっていたわけではなく、思えばいい具合に放任的だったのでしょう、私がひとりで絵を描いたり字を書いたりしていても先生も子供もさほど干渉してこず、園自体にみんなでいっしょに同じことをしましょうという教育方針がそもそもなかったように思われます。よくもわるくも情は薄く、園やクラスメイトに対しての思いもこれといってないままこちらに来ました。

となると、当然こちらに来て、友達がほしいと思うこともない。ハナからない。遊びは何よりひとり遊び。仲がよいのは姉、そして弟。それ以上のことはない。

母が紙をまとめてくれる。父が会社からもらってきた不要な書類を何枚か持ってきて、印刷のないほうを外側にして山折りにし、それをいくつも作ってホチキスで留めれば真っ白い「本」のできあがり。何も書かれていない本に、私は鉛筆や赤鉛筆でおはなしを書きます。およそ本というものは、表紙があり、そのあとに物語が始まる。それを知っている私は、もちろんその順に沿って、表紙から書きます。タイトルをいちばん初めに決め、そこに表紙画も描き、おはなしが始まる。

紙が三枚綴じてあるから、表紙に一ページ取って、物語は五ページ。少ない。書いているとすぐに紙は足りなくなってしまいます。最後のほうは小さな字になり、むりやりまとめるような形になります。

まあ、札幌でせっせと作っていたおはなしの本はこんなもん。絵本に影響されていた私の「おはなし期」は早々に終わりました。引っ越しの前後、私の本業は漫画になったのだ。

親戚の春子おばあちゃんは家に来るたびなんでもくれるのですが、特に、私たちきょうだいよりもだいぶ年上にあたる孫の男の子にむかし買い与えた漫画を我が家にランダムにプレゼントしてゆく癖があり、私と姉の部屋の本棚には揃いの悪い漫画がいくつもありました。春子おばあちゃんの孫にあたるヤス兄ちゃんとトモ兄ちゃんは無愛想で恐ろしく、彼らが好む漫画にはやはりペンのタッチが荒々しくて怖いものが多いので、もらってもあまり読む気になれない。しかし、そのなかに混じってなぜか九巻だけあった『ドラえもん』は何度も読んでいて、私の旺盛な創作意欲はほとんどドラえもんだけでじわじわと養われていました。もちろん、夜にテレビでやっている漫画のドラえもんも毎週欠かさず観ており、私の金曜日はドラえもんを鑑賞したあと眠りにつくのが恒例。

となると、小冊子としておはなしをいくつも発表していたころと同時期にチラシの裏に次から次へと絵を描きつけるようになった私が、のちにそれらを合体させ、漫画として展開するのは当然のなりゆきでした。

旺盛な執筆欲に応えるべく、母は私の漫画のために大きな白いチラシをかなり溜めこみ、例によって山折りにしてからパンチ穴を開けてひもを通し、百ページほどある本を作りました。つやのある紙であったため、筆記用具は油性ペンです。たまたま家にあった七色セットのカラーペン。

私の漫画の主人公は、ずっといっしょにいるペンギンのぬいぐるみ、ペンちゃんです。漫画のタイトルも『ペンちゃん』。シンプル、必要にして十分。

まずは表紙に、白ぬき文字で大きく「ペンちゃん」と書く。ぬいた部分を、一文字一色、カラフルに塗りたくる。きもちいい。作品がすでに世間に浸透し、私が世界へ広がっていく気分。

しかし、ふと思う。主人公の名前が「ペンちゃん」というのは、いささか安易で軽い気がする。

ぬいぐるみのペンちゃんという名前は、誰がつけたかわからない。もしかしたら私がつけたのかもしれないけれど、記憶もおぼろげなほどであるし、あまりに単純なので、母がなんとなくそう呼んでいたのを私がそのまま流れで引き継いだのかもしれない。そんな名前は主人公としてリアリティが足りない。この名前はニックネームにとどめるとして、本名があったほうがよい。

そう考えた私は、ペンちゃんに名字をつけることにしました。私の経験則からすると、人の名字は「の」とか「だ」で終わるものが多い。どちらかというと「の」のほうが好きだ。私は「の」が気に入ったので、「いのの」というよい響きの名字を思いつきました。いのの・ペン。一気に設定がしっかりとした感じ。この物語は未来永劫続き、大人になってもこのままずっとずっとこの話を続けていけるのではないか、と心が浮き立ってきます。

ペンちゃんは、やはりドラえもんのように、ふしぎな道具がたくさん出せるといい。ぬいぐるみのペンちゃんはかわいい水玉模様の蝶ネクタイをしていたので、小さな水玉の一つ一つが道具に変われればいいのだ。ペンちゃんにはきょうだいもたくさんほしい。弟も妹も兄も姉もつくろう。しかし、言葉もしゃべれるペンちゃんは、本当のペンギンじゃない。何者なんだろう？　そうだ、宇宙から来たことにすればいいんだ。最初のシーンはペンちゃんが地球にやってきたところにしよう。そうなると、ペンちゃんが居候するお家が必要になる。優しいお兄さんとお姉さんのいるお家に住むことにしよう。お兄さんとお姉さんにも名前をつけなきゃ。マンションの隣のお家は秋本さんという家だったから、「秋野」なんてどうだろう。お兄さんは「秋野みつお」にしよう。みつおという字は「光男」と書くのだ。

ペンちゃんのおはなしを進めるのに、考えこむ時間なんて一度もありません。カラーペンで白紙に力強く描きつけていくそばから世界は爆発的に広がっていき、描くのが追いつかないほどでした。私は絵と同じくらい文字や言葉が大好きだったので、どこかで見た漢字も覚えてすぐにたくさん書く。そうすればそれを見た母も祖母もほめてくれるし、これは楽しい。漫画のコマなんて知ったこっちゃない、一ページに一コマか二コマでいい。ふきだしを描いてから中の言葉を書くから、たまにふきだしから文がはみ出す。気にせずふきだしを描き足して、どんどん次のコマへ。引っ越し直前に描きはじめた百ページぶんの白紙の本は、引っ越し後数日ですべて埋まりました。

ドラえもんの九巻を何度も読み返していた私は、本の最後のほうのページに、何の意味かわからないけれど、日付が二つ書いてあるのを知っていました。最初の日付と、二つめの日付はずいぶんと離れていました。こういうものがあったほうが本らしいのだろう。私は張り切って、百ページあまりを埋めた日の日付と、てきとうな未来の日付を二つ書きつけました。最初のものは1984年9月2日、その次のものは、思い切って1990年の日付にしてみました。90なんて数字、あまりにも先、あまりにも未来。そのころにはそれこそドラえもんの道具があるんじゃないかしら。

私はさらに説得力を増すために、著者近影となる絵も描き足しました。いよいよ本屋さんで売っている本にしか思えなくなってきました。本屋さんにはあまり行ったことがないけれど、本屋さんは当然、自分で書いた本を売っているわけだろう。私は将来、本をたくさん書いて本屋さんになろう。ペンちゃんの本をたくさん売るのだ。

私が百ページの「本」をあまりにも早く完成させてしまったため、母はもう自作のひもで結わえたチラシの束では足りないと思ったのでしょう、きちんと製本されたメモ帳のような冊子をくれました。やはり中身はすべて白紙。そして、今度の本は百ページどころではありません。箱のように分厚い。よだれが出んばかりの余白のかたまりです。私は畳の部屋のテーブルにかじりついて、箱のような本の右下と左下にボールペンでページ数をガリガリと振りつづけました。めくってめくって、数字が100になり、200になってもまだまだ白紙が出てくる。私は最後のページに346と書きつけて、心の底から喜びがあふれ出るのを感じました。これから私はこんなにも絵を描き、話を書いていいのだ。

屋外で走り回ったり公園の遊具にわいわい集まったり、そんな世界で楽しそうにしている子供がたくさんいるのも一応知っている。でも、ペンちゃんと私でつくる世界はそれよりもはるかに広くて深みのあるもので、そこにさらに我々きょうだいが時おりあいうえおの積み木で作るコミュニティの話まで加えたら、もうこれ以上の楽しみを発見する必要もありませんでした。私は自分の中を笑顔で往復しつづける。そこに友達なんて余計なもの、入るわけがない。

家から出ない夏休みはもう終わります。

3

目が覚めると、脚の太ももと太ももの間に何かこわばった、ガサガサしたものが挟まっていて、違和感と不快感、わけがわからない気持ちで股間を見て、クマのかわいらしいイラストがまず目に入りました。股間には幅広の分厚い生地があてがってあって、これはおむつだ。

こんな年にもなってどういうわけかおむつをあてがわれているという事態に頭が追いつかないのと、直後にゆっくりこみあげてきた屈辱感とで、じわじわと勝手に涙が出てきて蒸し暑い寝床でひとりでしゃくりあげているうちにだんだん頭に血がのぼってきて、外し方のわからないおむつを着用したままガニ股で階段をおりていく。だんだんだん。音を立てながらおりる。階段をおりきってターンして、居間と廊下をへだてるガラス戸を見たら暗い。念のため開けてみたけど、やっぱり誰もいない。時計を見ると、午前五時です。まだ誰も起きてないじゃないか。

雨戸も閉まったままで居間は薄暗く、怖いので怒りが半減してしまって、そのぶん股間のいやな冷たさが急にのぼってきて、また顔がひん曲がってきて、涙が出てきました。ガサついた布地がなるべくももやお尻に触れないように、さっきよりもガニ股になりながらゆっくり階段をのぼって二段ベッドに戻ります。寝ころがるとお尻にずっとゴワついたものが触れている。寝られない。

壁に、赤い傘の形の時計がかかっています。傘の柄の部分にスヌーピーが腰かけていて、それが左右に動いて秒をきざんでいる。スヌーピーがのんきな顔をしている。世界がキュッと狭くなって、ひどく悲しい気持ち。涙が目尻から耳のほうへと垂れていく。

ふと気づくと、階下で人の気配がします。また気力をふりしぼり、さっきの怒りを再生しながら勢いよく階段をおりていき、ガラス戸を開ける。朝のテレビがついていて、台所に母が立っています。このおむつ、母がつけたに決まっている。なんでこんなことをしたのか思いっきり抗議したら、声が裏返ってとても情けない感じになって、話し終わるより前にまた泣けてくる。泣いたことが情けなく、恥ずかしくて、その気持ちがまた後ろからところてん式に涙をどんどん押し出す。これは、ダメ。止まらないパターン。

母が言うには、明け方にタオルケットを蹴り飛ばして寝ている私が明らかにおしっこを漏らしていたため、起こすのも気の毒だからということで勝手にむかし使っていたおむつを取り出して、私の意識がないうちに勝手にはきかえさせていたらしい。

私は赤ちゃんではない。おもらしをするような赤ちゃんではない。と全力で主張したいけれど、現実には漏らしてしまっている、このやるせなさと恥辱がさっきからのところてん突きをずっと押してきて、気持ちがどうしようもなくなって私は大声で泣いて、泣いても叫んでも情けなさから逃れられないので足を踏みならし、飛び上がってまで床を打ちつけて、足の裏が痛くなって、手をぶんぶん振って、気持ちを全部まき散らすために全身を使うけどまだ足りません。ぶち壊してもいいものがあったら隅からたたき壊したいけれど、私のからだがそれに耐えうるようにできていないから、激しく手足を動かすくらいしかできない。ひととおり泣いて、暴れて、最終的にはしおらしくおむつを外される。股間をふかれて、新しいパンツにはきかえさせられて。黙ってしまいます。

なんで大人は、いや、大人以外の同世代の子供たちも、寝ているあいだにおしっこをしないですむのか、理屈がわかりません。起きていれば何時間かに一回かならずおしっこがしたくなって、それは大人だっていっしょなのに、いやむしろ、大人のほうがおしっこの量は多いはず。父がトイレに入った直後に入ると、水色の洋式便器の、水が溜まるところの表面がぎっしりと小さい泡だらけになっていて、とてもふしぎです。私がトイレで用を足してから水を流してもあんなに泡だらけにはならない。父だって同じように水を流しているはずなのに、どういうわけか流したあとの様子が違う。それは何か私の想像もつかないような、大人だけができるとんでもない量のおしっこをしているからじゃないかと私は思っています。

ともかく、何時間かに一回のペースでかならずおしっこは出るのだから、寝ているあいだにおしっこが出てしまうのはごく自然なことです。からだとしては何も間違っていないように思う。

私は、三日に一度くらいは寝ているあいだにおしっこが出てしまいます。何もわからない赤ちゃんならともかく、どうも私くらいの年になると、そういうことはふつうではないらしい。だからこれはとんでもなく恥ずかしいことです。漫画でもおねしょはとても情けないことだとされていた。寝る前にトイレに行くようにしているのに、起きたときにはもう完全に出てしまった後になっている。出そうになって目が覚める、ということもない。何か夢を見るわけでもない。ただ、目が覚めたときにはもうすべてが終わってしまっていて回復のしようがない。パンツもふとんもしっかりぬれている。

同い年の子供たちに比べて私は格段に絵がうまく、字も書けて、両親や親戚からたくさんほめられる。それなのに、そこだけ赤ちゃんの部分があるということを考えると、自分のからだが虫のように小さくなる思いがしました。いつもならパンツやふとんをぬらすだけなのに、今日は勝手におむつまではかせられる始末。頼みの綱である母からも完全に未熟者の烙印をおされてしまいました。

母は、またすぐぬれたら困ると思ってついやっちゃったのだという弁解をしてきたのですが、私はまた気力をふりしぼり、おむつだけは二度とはかせないでほしいという意味のことを伝えました。かなり裏返った情けない大声になってしまいました。

また母が「友達」をつかまえたようでした。

家を出て左にまっすぐ行ったところにある大山さんという家の、さっちゃんという子が私と同じ年にあたるそうで、私はさっちゃんと同じ幼稚園に入るらしい。

母に連れられてさっちゃんの家へ。うちは青い瓦屋根で、外壁がボコボコした模様を描いているけれど、さっちゃんの家は瓦ではないようで、白い板が並べてあるような壁。うちよりも新しいきれいな建物です。

玄関に通されて、私の頭の上で母どうしがなにやら話をしている。手持ちぶさたできょろきょろと家の中を見渡していると、目の前にある階段からのしのしと巨大な人がおりてきた。さっちゃんのお兄ちゃんらしい。小学五年生だそうだけど、大人みたいに大きくて、私の父よりも太っているように見える。大きな男の人は恐ろしい。私は殺されそうな気がして、母のかげに身をひそめる。

さっちゃんのお兄ちゃんは私に興味もなかったようで、すぐに廊下の奥のほうに隠れてしまいました。代わって、お兄ちゃんが消えていったほうからさっちゃんなる子が現れました。

両方の母にそそのかされて、私たちは同じ部屋に入れられました。さっちゃんは私よりも頭ひとつ大きく、目は小さく、ほほにそばかすがたくさんあって、色黒で、変な顔。ひらいたドアの向こう側では、母二人がお茶を飲みながら大きな声で話している。

大人はすぐこういうことをするのだ。子供ならすぐに仲よくなれるなどと思って、大人どうしでペチャクチャ話すあいだ、子供を子供どうしでほうる。初めての相手がどう来るかなんてわからない、全然優しくないかもしれない、すごく意地悪かもしれない、のに。大人どうしはすぐ仲よくなれるからって、子供にも同じことをさせる。

私は腹立たしく思いながらも、母の手前、ぐっとがまんして、勇気をふりしぼって少しさっちゃんに話しかけてみました。

「……なにして遊ぶ？」

「……うーん……」

さっちゃんの声はやけに薄く、小さくて、その顔に似つかわしくありませんでした。幸い、あまりたくさん話しかけてくるほうではなさそう。

部屋には画用紙とクレヨンがあったので、なんとなくそれで遊ぶことになりました。気まずいのでお互いあまり話もせず、それぞれがテーブルに向かって別々の絵を描きます。私は赤いクレヨンで、ここのところずっと熱中しているペンちゃんの絵を描きました。

ふとさっちゃんのほうを見ると、さっちゃんはピンク色のクレヨンで、ものすごくへたな絵を描いている。へたすぎて、なんの絵なのかわからない。

「それ、なに？」

「……おひめさま」

人間に見えない。

さっちゃんは、字は書けるんだろうか。

私は画用紙を一枚めくり、そこに最近覚えた漢字で自分の名前を書きました。それをさっちゃんに見せ、「名前……」と言ってみると、さっちゃんはたじろいでいる。

「書ける？」と聞くと、彼女は無言で、二枚目の画用紙に頼りなげにクレヨンを押しつけていきます。

おおやまさちこ、というひらがなの、「お」と「ま」は逆向きだった。ほかの字も、大きさはまちまちで字の並びもぐちゃぐちゃ。

同い年の子が、名前もろくに書けないなんて。

私はショックを受けたけれど、つづいて、急に得意な気分になって、正しい「おおやまさちこ」を書いてあげました。最近覚えたＡＢＣをぜんぶ書いて。おひめさまの絵もうまく描いてあげて。描いたら見せて。見せては書いて。しかし、さっちゃんは小さくうなずくばかりで、べつにほめてもくれないし、むしろどんどん表情が消えていく。

私が書いたものに、こんなに反応してくれない人はいない。つまらない。不安になる。

そのうちに母が来て、私たちが仲よく遊んでいる、と喜んでいたけれど、ちっとも仲よくなんかない。また腹が立って無言になる。

さっちゃんのお母さんは私の書いたものをおおげさにほめてくれたので私は少し機嫌を直し、母とともにさっちゃんの家を後にしました。母のために今後さっちゃんと「友達」でいなきゃいけないのだ。本当にめんどうなことが一つ増えた。私は帰り道でずっと石塀を指でなぞって、爪が黒くなってしまいました。

4

九月三日月曜日、晴れ。

母の自転車の後ろに乗って幼稚園に行くのです。

札幌の幼稚園は階段が好きでした。床にオレンジ色のリノリウムが張ってあって、ぬらっと光っている。そこを、わざわざ上履きをぬいでぺたぺたと駆け上がるのが楽しい。上がって右側にある大きな教室の窓から園庭が見える。園庭の向こう側には蔦《つた》のからまる謎めいた洋館まである。すてきな景色がよくおそろいで。窓際でひとりでお絵かきをするのは最高。

ともかく、こちらでも幼稚園には行くことになっている。私は自転車の後輪あたりから飛び出ている金具にヤッと足をかけて、勢いづけて後ろの座席に乗っかりました。ちょっと硬い座面が道路の段差を越えるたびにお尻に響く。こっちに来てから家から遠く離れた場所に行くのは初めてです。

子供用の手すりにつかまりながら、左右に流れていく家や木々を見る。信号を渡って、坂をくだって、またのぼって、灰色の壁のつづく狭い歩道を母はふらつきながら進む。どうもこのへんはほこりっぽく乾燥しています。視界に薄汚れたようなものしか入らない。踏切を越えて、線路の段々でお尻がちょっと痛くなる。もう絶対に家には帰れない、遠い場所まで来てしまいました。

おばあちゃんは昔、猫を飼っていたんだって。でも、あるときおばあちゃんのお父さんが捨てに行ってしまったんだって。ずいぶん遠くまで捨てに行ったのに、ボロボロの姿で一か月後くらいに帰ってきたんだって。猫にはそういう能力があるらしい。私にはたぶんそんな力はない。札幌の幼稚園から家までは道がほぼ一本だったから、姉といっしょに歩いて帰ったこともあるし、たぶん一人でもどうにか帰れたと思う。でも、ここは遠すぎる。道を何回曲がったかわからないし、札幌と違って家のないところをずいぶん通ってきた。景色にみずみずしさがない。母の真後ろにいるから、話しかけるのも難しい。気持ちのいれものがキュッと小さくなるようで、私はいつも外で写真を撮られるときの、まぶしいような困った顔になってしまう。

大きな車がたくさん通る交差点でいよいよほこりっぽさは頂点を迎えて、この太い道はこの世とあの世をへだてているようです。交差点を渡りながら横を向き、遠く延びた道の向こうをながめると、建物がほとんどない。空と、緑と茶色のものしか見えません。いったいこの先どこまで運ばれるのだろう、と私がさらに顔をしかめていると、自転車はその交差点のすぐそばの砂利道に入りました。長々と自転車を漕ぎつづけて息を切らした母が、フェンスの手前で私を降ろします。

今度の幼稚園はうちから遠く遠く離れた、大きなほこりっぽい交差点の角にある。空気が濁って見える。この世のがけっぷちギリギリのところにあるのは確かだ。

家々に囲まれていた札幌の幼稚園と違って、門を入ったところから眺める四方はやけに景色が抜けています。とらえきれなくて落ちつかない。広い園庭の向こうに赤い屋根。平屋建てで横に長い建物です。屋根に沿ってひらがなで「し」「し」「ど」という一文字ずつの看板があり、そのあとにさらに漢字が三文字書いてある。漢字はたぶん「ようちえん」と読むんだと思う。

札幌の幼稚園は共同の昇降口があって靴から上履きに履き替えたのに、ここには入口らしい入口がありません。横長の建物に沿うかたちで、緑色のテラスのような部分が手前にせり出しているだけです。テラスの床の部分はいかにも石にペンキをぬっただけという簡単なつくりで、隅のほうは色がはげて灰色の石が見えている。四方八方わからないだらけのところで、一歩でも母のそばを離れるわけにはいかない。

　言われるままにテラスの上がり口で靴をぬぎ、靴をどうしたらいいかわからないでいたら母が持ってくれ、私はなおさら手持ちぶさたになる。そういえばさっきから蝉みたいに子供の声が響き渡っています。テラスの奥に横並びになっているアルミサッシのガラス戸の向こうはどうやら教室のようです。園庭からテラスにあがって、そのまま直接それぞれの教室に入れる仕組みになっているみたい。

　ずっと同じ顔をして無言で母についていくと、左側のいちばん奥の部屋から、背の高い男の大人が出てきて、なにやら母としゃべっています。その後ろから、ちょっと怖そうな女の人も顔をのぞかせます。

　怖そうな女の人の声は、案外高くて薄い。花川先生、と呼ばれている。あ、先生なんだ……。

　花川先生はしゃがまずに、高いところから私に言います。

「おあつまりの時間があるから、そこでみんなに紹介するからね」

　そう言われて、私は特に返事もできない。花川先生が言うすべての単語がどうも頭にすべりこんでこなくて、意味がわからず泣きそうになる。顔を上げてちょっと目を合わせたけど、目つきが鋭いのですぐに横を向いた。

　母を含めて大きな大人が頭上で何かを話しているあいだ、私はどうしようもなくそこに立ち、足の先で床の緑色のはげたところをつついていたら、ペンキのかけらが少しはがれてしまいました。これも知られたら怒られそうな気がしてすぐに踏んづけて隠し、もういよいよ何もできない。そうこうしているうちにどうやらだいぶ時間が経っていたらしい。さっき教室の中で虫のように暴れまわっていた子供がことごとく園庭に出てきていて、一応の列をつくりながら、それぞれが小鬼のようにはしゃいでいます。

「はーい。静かにしてください。園長先生からごあいさつがあります」

　女の先生らしき人がそう言うと、さっきの大人の男の人がマイクの前に進みます。あの人は園長先生だったのだ。私は小鬼の群れと向き合う形で、いつのまにか母とともに先生側に立たされている。さらし者だ。どこからどこまでも落ちつかない。

　園長先生は、夏休みがどうの、これから二学期が始まるからどうの、というようなことをあまり私のわからない単語をまじえて話していて、油断していたら唐突に名前が耳に飛び込んできました。

「さて今日は、もも組に新しいお友達が入ります。もりなつきくんです。仲よくしてあげてください」

花川先生が私を園長先生の横へと連れていく。

「はい、元気にお名前をどうぞ!」

園長先生が何も聞いていない私をうながす。

「もり、なつき、です」

「よろしくおねがいします、って」

「よろしくおねがいします」

「はい、みんなも、よろしくおねがいします」

園長先生が呼びかけると、飛行機の轟音のような「よろしくおねがいします!」がてんでんばらばらに返ってきて大空に響き渡りました。私は砂粒みたいに小さくなる気持ちがしました。

すわりの悪さばかりが先立って、どうしたらいいのかわからない。しかしこんな大勢の前で、どこへも動けない。おあつまりが終わって、一人も知らない大人たちにうながされるままに「もも組」の教室に入ると、いつのまにか母がどこかへ消えている。

「もりなつきくんの席はここだからね」

花川先生が私をテラスからいちばん遠い席へと案内しました。テラスの逆側には廊下があって、こちら側からもほかの教室と行き来できるようになっているみたい。廊下と教室の間にも窓がたくさんあって、部屋は明るい。

廊下に近い机の隅には、たしかにひらがなで「もりなつき」と書かれた紙が貼ってあります。この机は大きくて、六人の子供が三人ずつ向き合って共有するつくりになっている。先生の声でみんなが立ちあがって前を向くと、同じ机を使う男の子に前後を挟まれる形になりました。

先生が、改めて私という異物がクラスに加入したことをみんなに教えてしまいました。するとまた、「よろしくおねがいします」の大絶叫が起こる。

あの太い道を渡ってから、とてもよくない。周りで起こることはすべて私を襲う甚大な災害である。さっきから後ろに背の高い子がいる威圧感もずっとあって、何かよからぬことが起こりそうでふり向くことすらできない。前に立っている子はからだが横に大きくて、その子の背中だけを見て時が流れるのを待っていると、いきなり背中を両手でズンと押されました。

さすがにびっくりしてふりかえると、目が細くて顔の浅黒い、私より頭一つ大きな男の子が殴打するような強い声で私に言いました。

「なんでお前、服ちがうの？」

言われてみれば、私は札幌の幼稚園の制服を着ているのでした。確かに、紺色の制服を着たほかの子たちと違って私だけ鮮やかな青で、悪目立ちしている。

制服がない理由がわからなかったので、私は黙りました。いや、それよりも、私は「お前」なんて乱暴な言葉で呼ばれたことがなかったので、恐ろしくて声も出なかったというのが本音です。

私はおそるおそる視線をそらして、結果として彼を無視する形で前に向き直りました。後ろから「なんだよ！」という声が聞こえ、また私は頭をこぶしで殴られた気分になって微動だにできなくなりました。

今日は、これから「帰りの会」で「帰りの歌」を歌って、午前中でおわりらしい。私はもちろん「帰りの歌」なんて知らない。花川先生が「あしたからちゃんと教えてあげるからね」と私だけに言うのがまた私の異物感をクラスにたたきこむようで、顔がゆがみます。また四方八方で絶叫がこだまする「帰りの歌」を耐えしのんで聞きながし、そのあいだもずっと後ろからの攻撃を予期してからだをこわばらせる。

石のように固まりつづけてやっと帰りの会が終わると、小鬼たちが荷物を持ってなにやら一列に並ぼうとしています。並ぼうとしていない私をわざわざ「どけ！」と言いながら押しのけて列の前に行こうとする男の子。どうやらテラスへの出口のところでひとりひとり先生とタッチをしてから帰るらしい。私だって早く帰りたい気持ちはやまやまだけど、人に押しのけられ、流されて、列の後ろのほうに並ぶことになりました。おとなしそうな女の子しかいない。

やっと私の番が来ると、花川先生は「早くお友達つくろうね。さようなら」と言って、手を差し出してきました。花川先生の目は冷たい気がして、声にも壁がある気がして、私はいちばん小さな声で「うん」と言って顔をそむけ、かする程度に手に触れて外を見ました。すると、どこへ行っていたのか、母がテラスに戻ってきていました。

自転車の後ろに乗る。太い道を渡ってほこりっぽい地獄の境目から抜け出して、家に戻れる。

背中越しに母が楽しかったかと聞いてくるけれど、またさっきの最小ボリュームで肯定のお返事をするしかない。「うん?」と聞き返されても、同じくらいの返事しかしない。踏切を越え、坂をくだってのぼり、だんだん明るい私の家が近づいてくる。

自転車を降りて、もうだいぶ顔のほぐれた私に母が言いました。

「明日からはバスで行くから、お母さんはバスが来るところまでしか送れないからね」

そんな、そんな重大なことはもっと申し訳なさそうに、最大限に詫びる気持ちをもって告げてほしかった。母の少しだけ心配そうな顔がむしろ恨めしい。

5

家を出て三本先の角を曲がったらストアーおおばというお店があって、このあいだちょっと牛乳のおつかいを頼まれたことがありました。おおばさんの先に行くと太い道が横切っている。その道に沿った歩道の、ログハウスみたいな家の前が幼稚園に行くバスの停留所。

だから、次の日の朝は母といっしょにそこに行きました。おおばさんのシャッターもまだ閉まってる。停留所には、それぞれのお母さんたちに連れられた子供たちが三人ほど集まっていました。また私だけ違う服だ。恥ずかしい。

その一人は、こないだ会ったさっちゃんでした。さっちゃん以外は知らない子だし、さっちゃんだってこないだ初めて会っただけで、べつに仲がいいわけじゃない。そうか、母が数日前に私とさっちゃんを引き合わせていたのは、同じ幼稚園に友達というものをつくっておこうという企みだったのだ。そうはいかない。勝手に他のつまらない子供に、私のなかに入ってこられるのはごめんである。私は母にひっついているしかない。

大人は勝手に頭上の高いところで大人の会話をしています。さっちゃん以外の知らない子二人はわいわいと遊んでいて仲がよさそうです。学年も一つ下らしいので、私はそこに入らなくてよさそうで都合がいい。私はさっちゃんと目を合わせないようにしました。

横に黄色いマークの入ったピンク色のバスが来ました。ここで母と別れて一人になり、またあの鬼の巣のような場所に行かなきゃならないのだと思うと、あまりの不条理に視界が狭くなるような思いでしたが、ここで泣いているようではママと離れるのが悲しくて泣いている赤ちゃんのようであまりに屈辱的。ここで私は泣いてはいけない。

一つ下の子たちが転がるようにバスに飛びこんでいく。さっちゃんも笑顔でさっちゃんのお母さんと何事か話して、軽快にバスへ。私は、帰りにまたここに迎えに来るからね、という母に対して目も合わせず、あいまいにうなずくだけです。こんなひどい仕打ちをされるのだから、このくらいの冷たい態度を見せておいたほうがいい。地面を見ながら、死にに行くような気持ちでバスのステップを踏みました。

バスの座席は七割がた埋まっていて、やはりほとんどの園児は大きな声で会話を、いや、単なる発声と発散をしていました。バスには知らない女の先生がひとり乗っており、私がどこにも座れずにステップの脇で呆然としていると、引っぱるようにして前のほうの空いた席に誘導してくれました。

バスはたくさんの声を乗せて走り出し、私はその声を背に受けるようにただ窓の外を見る。ちょっと進んでは停まる、というのを二回繰り返し、その二か所の停留所でバスはそれぞれ何人かずつ子供を詰めこんで、そこからは一度も停まらない。ひたすら家が流れる。たまに森や空き地がある。坂をのぼってまたくだり、長い長い、なかなか着かない。昨日自転車に乗せられて連れて行かれた道とはまた全然別のルートを通っているようです。

私がこの世とあの世を分けるようだと思っていた太い太い道路の交差点をあっさりと右折してバスは一線を越え、昨日の場所に着いてしまいました。ほかの子供たちは先を争ってバスから降り、門をくぐって園庭を駆け抜け、赤い屋根の建物にどんどん吸い込まれていきます。その後から、さっちゃんのようなおとなしそうな子供たちも何人かずつお話をしながら軽い足取りでそれにつづいてゆく。私はそれを後ろから眺める。

門のそばに大きな木が三本、間をあけて並んでいます。向かって左側には地球儀のような形の遊具と、ＵＦＯみたいな形の遊具。右側にはライオンの形をした遊具。そして、それらに囲まれて、広い空の下にやたら大きな茶色の園庭がある。

子供が全員降りたのを確認してバスから出てきたさっきの知らない先生が、門のそばに立ちつくす私に話しかけてきます。

「教室、わかるかな？」

わかる。昨日来たんだから、そのくらいはわかる。ただ、あんな場所に行きたくないだけ。

でも、こういうときは雄弁に説明せずに黙っていたほうがいいのだ。私は自分のからだが、はっきりした意志を口から出そうとしたときに、いっしょに目から涙が出てきてしまう仕組みなのを知っています。ただ黙っていれば、大人はてきとうにそれぞれ勘違いの解釈をして、私をうまいこと後ろから押してくれます。だから私は黙る。

知らない先生も、やはり私が教室をわからずに戸惑っているのだと勝手に推し量ってくれ、教室へと誘導してくれました。全然知らない人でもいっしょにいてくれるなら、ひとりで教室に乗り込むよりはよっぽど心強い。子供よりも図体が大きな大人はうまく利用するにかぎります。

テラスの縁に硬そうな石で作られたつやつやの水飲み場があり、何人かの男の子がそこで蛇口に口をつけ、争うように水を飲んでいました。それを横目で見ながら緑色のテラスの手前に敷いてあるマットで靴の底の土をぬぐい、マジックテープをジャリッとはがして靴を脱いで段を上がる。教室の入口にある下駄箱の一枠には、もう私の名前が書かれたカードが入っていました。ほかの枠にはみんなの靴がきれいに揃えて入れられています。そこにあった上履きを出し、私もかかとを揃えて靴を入れます。

私を教室に案内すると、知らない先生は通園バッグを後ろのロッカーに入れるように告げ、せわしくどこかへと歩いていってしまいました。花川先生はまだ来ていません。おおかたの子供は教室の中にいて、思い思いに暴れまわっています。

私のロッカーは教室の後ろのいちばん右隅。一人ぶんの枠が上下に仕切られていて、上の部分にはお道具箱が、下にはバッグが入るようになっている。みんなのお道具箱は青いけど、私のだけは黄色い。制服もそうだけど、私は札幌で使っていたものをそのままぜんぶ持ってきちゃっているのだ。

荷物をそこにこそこそと入れたあと、忌まわしい昨日の席に行くのはちょっとおいといて、廊下と教室をへだてるドアのところでなるべく存在感を消し、教室内や廊下を眺めてみます。好きなところを探す遊び。

トイレの扉はピンク色で、窓がついています。ペンキでぬられた質感が好ましい。教室の扉にも窓がありますが、こっちは木の色。手書きのマジックで「もも」と書かれた札が高いところから飛び出している。そうだ、私はもも組なのでした。「もも」のひびきは好き。くだものとしては、ふつう。教室の天井は斜めになっていて、天窓がついています。上からあかりが来るのがふしぎで、好き。部屋の隅にピアノ。鍵盤の上にかぶせられたフェルトの布が好き。

壁のほうに少し移動してみる。壁にはいろんな紙が貼ってあって心惹かれます。たくさん文字も書いてある。目を引いたのは、たくさんシールの貼られた表。縦軸が名簿になっていて、楽器で何が吹けたか、シールの数で達成度が示してあるみたい。ごー、じゅう、じゅうご、人数を上から五人ずつ指で追って数えていく。名簿に子供は三十六人いることがわかりました。私の名前がまだ入っていないので、クラスは全部で三十七人。

表に書かれたクラスの子のなかから変な名前を探す作業をしていると、もう花川先生は教室に来ていて、朝の会というものが始まることになってしまいました。しかたなく昨日の場所に行き、脚が鉄でできた重い椅子をガリガリと引いて座り、私は正しい位置に挟まりました。昨日横柄な言葉で私を縮こまらせた左の席の子はたかぎたかまさという。さっき壁を見ているあいだに座席表を見て覚えてしまった。「たか」が二回も出てくる、とても変な名前。目も細いし、顔も黒いし、大きいし、とても変な名前だし、すごく嫌いだ。たかぎたかまさが「よう」とまた横柄なあいさつをしてくる。消極的に無視する。

朝の会ではまた歌を歌うんだそうで、花川先生は私のためを思ってか黒板に歌詞を書いてくれたけれど、もちろん私はこの歌を知りません。三十六人が立ち上がり、教室の前を向いてまた絶叫するように歌っているのに戸惑いながら合わせていると、後ろからどしん、と衝撃が来た。

後ろのたかぎたかまさがリズムに合わせて、私の両肩を何度も押してくるのでした。何のためにそんなことをしてくるのかまったくわからない。押されるたびに私のからだは前によろめきます。

せんせ（どしん）いおはよ（どしん）うござい（どしん）ます（どしん）
みなさん（どしん）おはよ（どしん）うござい（どしん）ます（どしん）
きょう（どしん）もげんき（どしん）にあそび（どしん）ましょう（どしん）

歌の最中、押されたときに前のこだまたくやにさわってしまわないようにふんばりつづける。歌が終わってからも私は後ろを向くことができませんでした。

6

私というのはだいたい人がさわってくるのだっていやなんです。記憶にない生まれたばかりのころならいざ知らず、最近は両親にだってベタベタさわられるのがいや。まあ親からすればまだまだ子供ということでさわることがかわいがることだと思っているのでしょうし、こちらも幼く自意識の薄そうなふりをして我慢していますが、親以外の人間となると不快度は一線を越える。

札幌の幼稚園にいたとき、はて今となってはどうやって人との接触を避けていたのか、あまり思い出せないけれど、やはりあそこではわりと放任され、子供どうしもそんなに干渉していなかったからストレスが少なかったのでしょう。しかし、こちらはとにかく人がさわってくる。先生も子供も文字通りさわってくるうえに、人と人との距離も近く、私の好きな絵本『あおくんときいろちゃん』であおくんときいろちゃんが重なってみどりいろになっているように、人が私の中に入ってきてしまっている感じがする。私はきいろならきいろのままでいたい。

私のテリトリーに無神経に浸入しようとしてくるたかぎたかまさに対して必死で心の壁をこしらえ、肩を丸めてこらえた私ですが、朝の歌の時間のあとに心の中でそのことを整理する時間はなかった。たかぎたかまさからは一時離れられたものの、この幼稚園はしっかりとした四角い時間割を描いて、私をそこにぐいぐい入れようとしてきます。

歌のあとは着替えて、上履きを脱いで靴を履き、園庭に出されて体操の時間。鬼の子たちと私はいっしょになって、きれいに四角く整列させられる。体操が終わると、そのまま外でかけっこ。これまた私たちは四角い列にまとめられて、やたらと広い園庭を隅から隅まで、四人ずつで走らされます。

そのあとはまた靴を丁寧に四角い下駄箱に入れ、また教室に戻って、音楽の時間。給食と休み時間を挟んで、午後はまた音楽の時間のつづき。そして、やっと帰りの会となる。

体操の時間は、聞いたことのない音楽に合わせた「ししど体操」なるものをさせられます。動き自体はそんなに難しくないのだけれど、もちろん私はまったく知らない。

必死でついていくしかありません。ただ、これは前後左右に間隔を取って行うので、手の届く範囲にほかの子が浸入してきません。その部分だけはやや助かります。

かけっこ。私は四人のなかでいちばん遅かったけれど、それは恥ずかしくはあってもつらいことではない。それよりも、終わった者が地べたに座ってみっしりと集まるのがつらい。前後にも左右にも人がいるというのに、みんなその場で不規則に、がなるように話している。私は表面の薄膜を突き破られつづける思い。

音楽の時間、私はメロディオンという楽器をあてがわれました。ピアノを小さくしたようなものを左手で持ち、右手で鍵盤を弾きながら横から吹いて音を出すもので、これは特に教えられるまでもなく私のほうが隣の子供たちよりもはるかにうまくできました。というのも、これは札幌の幼稚園ではピアニカという名前で、もう経験済みだったからです。花川先生が教室中をまわってしきりに教えに来てくれるので、ほかの子供から浸入されることはなく、この時間は比較的助かりました。

そして給食。これが最も厄介なしろものでした。

ごはんを食べる作業自体が好きではないというのに、すべて嫌いなもので占められたメニューをどうにか食べ進めているふりをしなければなりません。

この日は、野菜と肉の炒めたようなの。汁気が多く、汚れた液体に浸かっているようできもちわるい。サラダは強烈に酸っぱいにおい。とても食べられたものじゃない。餃子とかいう、ぶよぶよしたものの中にごちゃごちゃした何かが詰まったものもあるけれど、これもくさくてあまり口に入れたくない。花川先生から「残してもいいよ」と言われたのが救いで、野菜炒めの汁っぽくない部分と、いちごと、何の味もしないごはんだけをかなりの時間をかけて食べましたが、こんなものを残さずに食べるほうがどうかしている、と思う。札幌にいたときのお昼は母の作ったお弁当だったからよかったのです。毎日これがあるとなると、ただでさえ苦痛な幼稚園生活が大幅に厳しいものとなることが予想できました。

しかも、私が口をがんばって動かしているあいだ、このとき隣の席になるたかぎたかまさは私をまたいでこだまたくやとぎゃあぎゃあ話している。そのくせ、なぜか圧倒的に食べるのが早い。

「うわー！　おせぇ！」「食べるのおせぇ～」たかぎたかまさは早々に食べおわり、私のほうをのぞきこんではは やし立てます。私はそれをまったく無視して下を向きながら物を噛むことに集中する。

いつまで経っても食べものはなくならないけれど、給食の時間の終わりを告げるチャイムとともに、厳しい私の食事がやっと強制終了します。ほかの子供たちのお膳はとっくに片づけられている。やはり同じ生き物ではない。一つの部屋にいてはいけないように思う。

給食後の休み時間、ここは本来解放されて私はひとりで絵などを描いて楽しめる時間のはずなのに、私はクレヨンも画用紙も持っていないのです。たかぎたかまさをはじめ、やかましくて屈強な男の子たちは園庭に駆け出して行ってくれたので、幸い私は教室にぽつんと残されて自分の時間を過ごすことができたけれど、あまりにもやることがない。教室の隅ではおとなしそうな女の子たちが数人集まって何かしているようだけど、別に入りたくもない。邪魔なので、園庭に出て行ってほしいくらいです。仕方がないので、また朝と同じように壁の掲示物を見ながら知らない文字を指でなぞってみたり、貼られた紙の上辺を延長していった線をほかの紙の辺と交差させて頭の中で図形を作ったりして、時間が経つのを待ちました。

外で遊び回った子供たちが帰ってきて、またメロディオンをやって。これでやっと帰りの会です。

休み時間以外ぴちぴちに詰めこまれたスケジュールには辟易しましたが、ただ、このあいだに少しでも空白の時間ができると後ろのたかぎたかまさが私の空間に浸入してくる隙を与えることになります。この隙が特に大きくなるのが、朝の会と帰りの会でした。体操や音楽の時間は子供たちの位置がバラバラになるけれど、給食と朝と帰りだけは確実にたかぎたかまさがすぐ隣か後ろにいるのです。彼は「帰りの歌」でまたリズムをつけてどしん、どしんと私を押します。朝と同じように私はふりむかず、無言でふんばります。

ここまでを我慢しつづけて、やっと帰れる。

花川先生とほんの少しタッチをして、一人でバスに向かって駆け出しました。空がとても青く、バスはお花のようなピンク色。帰りのバスは優しくて正しい世界へと私を連れ戻してくれる。うまいこと、窓際の席に座ることができました。一刻も早くこんなところを出たい。

バスの中はなんて平和なんだ。席と席のあいだは分厚い背もたれで区切られているし、ずっと窓の外を見て隣の子を気にしないでいれば、誰もここに入ってこない。大きな道を右に曲がると、空気まで緑色の暗い竹林のなかを通り、そこをぬけると景色が開けて一面の田んぼ。そこで三人降りる。左に曲がって太い道をきもちよくバスは飛ばし、森にかこまれた大きな家の前で知らない男の子が一人降りる。坂をのぼると今度は一面茶色の景色が広がっていて、土ぼこりの舞う畑の中をのんびりとバスはゆく。建物がなんにも見えない路肩にバスが停まり、ドアが開くと肥料のにおいでとてもくさい。そこで土みたいに茶色い肌をした細い男の子が降りる。畑と森が交互に出てくる道を進んで、だんだん家が多くなり、愉快な字で「スポット」と書いてあるお店の前で五人降りる。坂をくだり、川を越え、家がどんどん増えてきて、私の明るい家が近づいてくる。たくさんの家が窓の外を通りすぎる。バスはそのあとも何度も停まって子供たちを降ろし、坂をのぼり、歩道橋をくぐり、私が今朝バスに乗った場所、ログハウスみたいなおうちが見えてきた。

バスの高い窓からやや背の大きなさっちゃんのお母さんが見えます。ほかの子のお母さんもいます。いちばん後ろに小さな私の母。

前のドアが開いて、子供たちが降ります。ほかの子供たちが運転手さんに「ありがとうございました」と言っているので、私も小さな声で同じように言いました。バスから降りると、草のにおい。

どれだけ居心地が悪く、どれだけ身を丸くして耐えていたか。母に幼稚園の感想でも聞かれたら怒って言ってやろうと思っていたのに、母は「おかえり」と言っただけで「花のくちづけ」という飴を一つくれたので、口がふさがってしまいました。帰りの時間まで抱えていた追い詰められたような気持ちだけがもじゃもじゃと残り、花のくちづけを舌で転がしながら母と手をつないだら、泣いちゃう瞬間の前にこみあげる喉の熱っぽさが急にやってきました。

7

ししど幼稚園に通いはじめて四日目。ついにこちら用の新しい制服が来てしまいました。着慣れた青い服ではなく、地味な紺色。私が幼稚園について考えるときの気持ちのような色。ついに私も埋もれることになったのだ。沈んだ色合いの上着の胸に、黄色いチューリップ形の名札だけが光っている。

朝の会では、朝の歌を歌い終わったあと、ちょっとしたしきたりがあります。私はこれを当初はなんとなくやりすごしていたのだけど、いずれ自分に回ってきてしまうものだということを知りました。

まず、先生が「今日のお当番さんは、○○さん（くん）です」と告げる。すると、即座に子供たちは「おとーばんさん！　おとーばんさん！　おねがいしっまっす！」と怒鳴るように歌います。そのあと、その「お当番さん」が率先して「おはようございます！」と大きな声で叫び、全員がそれに続く、という一連のやりとりが、決まりごとです。

　このお当番さんという役目は、毎日名簿順に一人にあてがわれるようです。お当番さんは、こんなふうに朝の会や帰りの会で号令をかけたり、あいさつを最初に言ったりしないといけないようです。

　ほかにもお当番さんには非常に重要な役目があり、それは「しゅっけつ」と呼ばれるものです。初めて聞いた言葉でしたが、「けつ」というひびきは当然お尻を想像させるので、男の子なんかはその言葉が聞こえるたびに「ケツ！」と大きな声で言って笑ったりしています。私もちょっとクスッとする。でも、このしゅっけつはとても大変なものです。

　お当番さんは朝のあいさつが終わってから、名簿を見ながらクラスの子供たちの名前を一人ずつ呼びあげ、呼ばれた人は元気に返事をしなければいけません。先生はその様子を見守ります。

　全員呼びあげ、お休みの人がいるかどうかをチェックすると、お当番さんは先生といっしょに廊下のつきあたりの職員室に行き、決まった言葉を言わなければならないらしい。まずトントンと職員室の戸をノックしてから開け、「しつれいします。おはようございます。もも組、お休み×人です。よろしくおねがいします」と大きな声で言うのです（幼稚園では小さな声なんて許されないのかもしれない）。

花川先生は、この一連のしきたりについて空いた時間に教えてくれたのだけど、言葉を覚えるのはともかくとして、職員室の重たい戸を一人で開け、あんな大きな大人ばかりがギロリと視線を集中させるどまんなかで、大きな声で長く話すということは大問題だ。クラスは三十七人、私は転入生だから名簿のいちばん下。この日のお当番さんが名簿の真ん中よりやや上の子だから……私は指折り数えてみました。お当番さんは、十月のあたまあたりには回ってきそうです。案外早い。逃げられません。

先の予定を想像してみたついでに、少しは楽しみなことを思い浮かべようと、お誕生日についても考えてみました。

その日がお誕生日の人は、朝の会の途中で前に出てお祝いの歌を歌ってもらい、折り紙で作ったペンダントがもらえるようです。私が転入した二日目にさっそくその一大行事があったのですが、さとうはるこというおとなしそうな女の子がうれしそうにしているのを見て、私も少しだけ気持ちがゆるんだのです。

教室のカレンダーを見てみると、三月の私の誕生日は日曜日。しかも、卒園式の直後だ。

これではどうしたって祝ってもらえるわけがありません。なにもかもめぐり合わせが悪いようです。

この日も、朝は歌っているあいだにどしんどしんとたかぎたかまさから押されたあと、外に出てしじど体操をする。そのあとは、「せいさく」の時間。せいさくとはなんなんでしょうか。どうやら、紙を折ったり切ったり、絵を描いたりする時間を「せいさく」と呼ぶようです。

今日は折り紙で何かを作るらしい。先生が教室の前で一度お手本の折り方を説明し、みんなでそれをまねして同じものを作ります。そのあと、六人の子供がいつもの大きな机を囲むように座って、ほかにもいくつか置かれたお手本の作品や折り方の描かれたプリントを見ながら、いろんなものを折ります。お舟。お魚。手裏剣。

折り紙はそれぞれが一セットずつ持っている。ほかの子たちは夏休みよりも前に何枚か使っているけれど、転入した私のはまるっきりの新品です。手に取るだけでわくわくする金紙も銀紙もまだ残っています。金紙と銀紙は、振るとビラビラと音がするのがうれしいし、裏面がざらざらしている手ざわりも心地よい。金紙は大事にとっておいて、プリントの手順通りにいろいろなものを作ります。

まず、緑の紙でお舟を作る。すぐにできたので、続いてオレンジの紙でお魚にとりかかる。それもすぐにできてしまったので、思いきって銀紙を使って、手裏剣を作る。半分に折るときは丁寧に、カドとカドをぴったり合わせて。折ったところを一度広げてたたみ直すときは、しわがよらないように、あらかじめ折り目をつけて。

三つを完成させて、自分の出来に満足してふと周りを見渡すと、右の席のこだまたくやは半分に折った折り紙のカドが斜めに汚らしくはみ出している。鋭角になった部分はくしゃっとつぶれている。形はひどいし、まだお舟しかできていません。

とても雑なうえに、遅い。

左のたかぎたかまさをチラリと見ると、こちらもこだまたくやほどじゃないにせよ、折り方が乱暴で、まだお舟を折っている途中です。

休み時間にはあんなに騒いで駆けまわって、かけっこではやたらと速く走れる男の子たちが、手で何か作ろうとするとなんでこんなにできないんだろうか。確かに私を挟んだ二人はいつもどおりときおり会話をしながら散漫な集中力で作業をしているけれど、わざと汚く作っているんだろうか。ふしぎに思ってしばらくたかぎたかまさの手先を観察してみても、ただ一つ一つの作業が荒っぽいだけで、ふざけて汚く作っているようにも見えません。手つきが乱暴で荒っぽいくせに、お手本を見て次の作業に進むというプロセスも極端に遅い。

向かいにいる女の子はおぬきともみ。「ぬ」という字は変な響きで脳に残り、おぬきともみの名前が呼ばれるたびに私は昔話の本に描いてあったたぬきの絵を思い浮かべます。そのおぬきともみの様子を見ていると、折り方は私と同じくらい丁寧だけど、仕上げるスピードはたかぎたかまさよりもさらに遅い。

同じ机にいるほかの子供たちは全員まだまだ作業に時間がかかりそうなので、早々に仕上げてしまったことが気まずくなってきました。早く完成したということを先生に言うのもはばかられる。

もう私は、ここで目立ったりなんかしたら命取りだ、ということがわかってきていました。

クラスの子供たちのほとんどは明らかに私よりからだが大きく、声も大きく、動きが速くて乱暴である。そのうえ、ただでさえ私に物理的な意味で近寄ってこようとする輩《やから》が多い。そんな危険に常に晒《さら》されていては私が命を落とす可能性もあり、ここで生き抜くためには野蛮な子供たちと距離を取って息をひそめ、存在感をなくすのが何よりも大切なことです。

せいさくの時間、みんなのお道具箱がそれぞれ机に持ってきてありましたが、私のだけ一つ黄色いから、残念ながらひときわ目立ちます。もう三つも折り紙を作り終えて私は退屈でしたが、できあがったものをまた両手で開いたり閉じたりして完成していないふりをしながら、だまってお道具箱のなかを目でさぐりました。大好きな七色のマーカーとサクラクレパス、手にへばりつくから好きになれないでんぷんのり、のりのついた紙を切ったせいで汚れちゃったはさみ。あとは、あんまり使わない鉛筆、消しゴム、定規。

折り紙よりも絵を描きたいな、と思いながら頭の中でペンちゃんの新しいお話を想像しているうちに、だんだんクラスのみんなの作品が完成してきました。半分くらいの子供たちが作り終えたあたりで、私もようやく先生に作品が完成したことを告げました。

できた折り紙の作品は、自分用のファイルにのりで貼りつけます。でんぷんのりを折り紙の裏側に指でぬって台紙に押しつける作業をしていると、のりのカスのようなものが台紙に付着してしまい、汚くなる。それをうまいこと別の作品で上から隠し、私の「せいさくファイル」の一ページ目ができました。

横目でチラリとこだまたくやのファイルを見ると、夏休みよりも前に作ったページの作品がはがれかけて冊子がゴワゴワしているし、今日の作品を貼った新しいページにもハナから手垢のようなものがついて、非常に汚らしい。

急にこだまたくや自体がひどく不潔なものに思えてきました。

ここに来てからモヤモヤと感じていた不快さがだんだん形を成してくる。ほかの子供が節操なく近寄ってきたりさわってきたりするのも、給食の炒め物の汁気も、テラスのペンキがはがれて灰色の石が見えているのも、園庭の土ぼこりも、みんなそうだ。ここにあるものは不潔だ。

8

幼稚園のなかでいちばん問題となるのが何なのか。それは後ろのたかぎたかまさでも、体操でもお当番さんでもない。本当は、早いうちにわかっていました。

トイレ。幼稚園を取り巻いている薄茶色の不潔な空気の、かなめの場所に腰を下ろしているもの。教室にいても、私のすぐそばにある廊下側の窓の向こうにはトイレのドアがある。トイレから窓を伝って不潔さの粒子がとめどなく浸入し、教室全体に満ちているような気がする。

ペンキでぬられたトイレのドアまではかわいい。しかしその先がダメだった。最初の日にトイレの中を見て、私は思わず口を閉じました。私は汚いものを見たとき、何か入ってくるような気がして反射的に口を閉じてしまう。

まず、床が水浸しになっています。灰色の細かいタイルが貼られていて、その窪んだ目地のいろんな部分にどす黒い水が不規則に溜まっています。人が死んだあとの冷たい牢屋のよう。澱んだ水はおそらく掃除のあとに流れきらなかったものとわかってはいるのだけど、便器のなかに溜まっている水やおしっこと何も成分が変わらないように思えます。もしも転んで床に手でも触れてしまったら。そんなことを想像すると足がすくみます。

そんな床の上を、上履きを脱いで茶色のゴムのサンダルに履き替え、歩いていかなければいけない。足を四方からしっかり守ってくれる上履きという防衛手段を完全に失い、パカパカしていて今にもぬげそうなゴムのサンダルを引きずるように歩いて数歩。床と足が心理的に近すぎて、床から汚水が滲出《しんしゅつ》してくるようです。そもそもゴムのサンダル自体、最初からうっすらぬれているように感じます。

サンダルをずりながら泣きそうな思いで息を止め、白すぎる小便器を見ると、内壁の部分に薄黒い痕が幾筋もついています。排水口の部分には得体のしれない茶色い水垢のようなものもこびりついています。それを見て、私はまた口をきっと閉じる。ずっと口が緊張しているので口内に唾液を感じてしまい、それがまたトイレの床の汚水と同化しているような気がして、唾を飲み込むこともできなくなります。

さて、トイレが問題なのは、汚いからというだけではない。私は、立って器用におしっこをする方法がよくわからないのです。

ズッとお尻の下までズボンを下ろさないと、どうしてもうまくおしっこができない。

私がまだ小さくて母がトイレについてきてくれたころ、膝のあたりまでズボンを下げるか、洋式のトイレに座るという方法でおしっこの仕方を教えてくれました。私はそのままそのやり方にならっておしっこをしていたのですが、どうやらほかの男の子はお尻をまるまる出さず、立ったまま前からおちんちんだけを出して何気なくおしっこをしているらしいということを知って、大変なショックを受けました。お尻まで丸出しにしておしっこをするのは、赤ちゃんのような行為だと思われているようです。顔が内圧で張り裂けそうなほどに恥ずかしくなりました。しかし、ほかの男の子の排尿姿は背面や横からしか見えないから、一体どんな方法でそうできているのかどうしてもわからない。いまさら母に聞くのも恥ずかしい。

札幌の幼稚園のときはトイレに小便器というものがなく、すべて男女共用で個室状になっていたから、特に問題はありませんでした。しかし、ここには立ってするための小便器があるのです。

幼稚園に来て二日目だったか、最初にトイレに行ったのは、たまたま花川先生が改めてトイレの場所を教えてくれたときでした。花川先生は案内するついでに、おしっこは大丈夫？　と聞いてくれたので、私は待ってましたとばかりに、ほかの子が見ていないときにうまいこと小便器のほうでお尻までズボンを下ろして排尿することに成功していました。先生も何も言いませんでした。

しかし、今後私がここでおしっこをするのは無理だ。先生ぬきで、園内をくまなく駆けまわる子供たちの目から逃れ、一人でズボンを大幅に下ろす方法で排尿を済ませ、サッと帰るような芸当はとても不可能です。仮にお尻を全部出して排尿している様子などを見られては、命にかかわるほど笑われ、さらしものにされることは決定的です。

奥の個室の部分はもっと絶望的。古い親戚の家でしか見たことのない、おかしな形の平たい便器が床に埋まっています。ワシキというらしく、これはズボンを汚い床に触れる程度まで下ろしたうえで、窮屈になった両脚を思い切り広げ、きわめて不自然な体勢で排尿しなければいけないシステムのものです。ひとりでこんな難しいことを行うのはほとんど不可能です。

私はもう、幼稚園のトイレに来ることはできない。最初の放尿のときに床の汚さやサンダルの気持ち悪さを思い知ったし、小便器はうまく使えないし、個室のほうはワシキしかない。先生がついてきてくれるのならどうにかなるかもしれないけれど、トイレに先生をいちいちつきあわせるなんてそれこそ赤ちゃんのような行為です。危うい私の立場がさらにひどいものになることは目に見えています。

私は、トイレに一切関わらないために、幼稚園では絶対におしっこやうんちをしないことを固く心に誓いました。初めてトイレを使った日からしばらく、私はトイレをないものとして我慢して、どうにか過ごすことができました。いけるかもしれない。いつか逃げられない事態に直面するなどとは考えない。このままでどうにかなる。

夏休みが終わる前にたくさんページの数字を書いた真っ白な本は、毎日少しずつ漫画で埋まっていきます。以前にチラシを束ねて作った本と違ってこれはしっかり製本されているので、チラシ版の『ペンちゃん』はいわばパイロット版として、こちらはいよいよ本格的に新しい物語として描くつもり。前作はカラーペンを使ってフルカラーで描いていたけど、この本は紙がザラザラしていてカラーペンの色がきれいに出ないし、『ドラえもん』のようにモノクロで描くほうがよさそうです。幼稚園のある日は帰ってお菓子を食べたあとに。日曜日は午前中からずっと。和室のテーブルにしがみついてボールペンでガリガリと描いていきます。

ちょっと飽きたら、姉のいる二階の部屋に行って、ピアノを弾きます。ピアニカは前の幼稚園ですでに経験していたからピアノの仕組みは少しわかるし、お姉ちゃんみたいにピアノを弾けたら楽しそうだと思ったので、母にねだって、近所のケーキ屋さんの裏にあるピアノ教室に通わせてもらうことになったのです。

鍵盤のふたを慎重に開けて、赤いフェルトの布をスルリと引くと、つやつやの白鍵と黒鍵が並んでいておいしそうです。このあいだ姉からお下がりでもらった『ひきましょう』という横長のテキストを譜面台に立て、最初のほうから図に沿って弾いてみようと思いますが、弾き方の説明のなかに黒鍵があまり出てこないのが残念。押し心地は白鍵よりも黒鍵のほうが少し重いような感じがして、それが心地よいのに。ココアの黒い部分が入ったクッキーは、白いところを先にかじって、黒い部分だけにしてから食べる。焼き魚も、白いところを先に食べちゃって、黒っぽい血合いの部分を最後においしく食べる。ピアノもそう。多めの白よりも少なめの黒に、おいしいところがある。

テキストを無視してピアノの黒鍵だけを選んでてきとうに弾いていると、黒鍵の音は白鍵の音よりもとんがって私を押し返してくる感じがします。その生意気な音がうれしくて、黒鍵だけを左から右へ全部弾いて、また右から左へ全部弾いてみる。ものすごく低い大人の音と、ものすごく高い悲鳴のような音をどっちも操ってしまいました。低い音を鳴らすときは、身の丈に合わない無理なことをしているような気がして少し怖くなります。

私の「演奏」を聞いて、ベッドに座って漫画を読んでいた姉が楽しそうに「何やってるの？」と興味を持ってきたので急に恥ずかしくなり、「やっていいよ」と言ってピアノから離れました。

階段をおりてトイレへ。

うちのトイレはとてもきれい。マットが敷いてあって床はふかふかしているし、便器がくすんだ水色なので汚れもあまり目立ちません。夜に誰かが入っているときに廊下から見ると、すりガラスのはめ殺しからオレンジ色の明かりが漏れるのもあたたかみを感じてとてもよい。

うちのトイレのタンクのところにはシールが貼ってあります。図の感じからしてこのトイレの使い方というものが書いてあるようなのですが、漢字がまったく読めなかったころ、説明文のひらがなのところだけを読んでみたら「・げ・ろ・きに・に・

を・けて・して・さい」となりました。

　今はもう、文末の「下さい」という部分の漢字は読めるようになっちゃった。でも、便座に座るたび、昔から唱えていた「ゲロキニ・ニオケテ・シテサイ」のフレーズが頭にこだまします。ゲロキニ・ニオケテ・シテサイ。トイレに入ったときに楽しくなる呪文。

　便座に座るときは、トイレのタンクに向かい合う形で座ります。これはどうやら一般的には間違っているらしい。ほかの人たちは背中を向けて座るらしい。でも、この形で座ると覚えてしまったのだからしかたありません。この家にいるときは、こんな細かいことを間違ってるとかおかしいとか、あざ笑ったり指摘したりして私に浸入してくる人はいないのです。

9

冷たさで目が覚めました。

薄暗い部屋のなかでお尻のあたりがぺったりしている。パンツがお尻の両ふくらみに密着していて、全体が湿っている。そこばかりじゃなく、内もものあたりにも、背中のほうにも、水は容赦なくスキマにしみこんできている。朝、起きあがる前から気持ちがぬりつぶされている。

一階におりていって、朝ごはんの支度をしている母に「漏らしちゃった」と告げます。少しだけ眉毛を動かしてほんのり悲しそうに見える表情で、それでも言葉に感情はほとんど乗せないように、消えうせてしまいたいという気持ちはしっかり奥のほうに押し込めて。ちょうどいい具合に憐れんでもらえれば、こちらはあまり申し訳ない気持ちにならなくてすむ。私は悪くない。私はかわいそう。

台所のお仕事を中断させて、よく日の入る洗面所でぬれた下着とパジャマを粛々と片づけてもらいます。このときも感情なんか見せない。泣くなんてとんでもない。夜尿という現象は不可抗力で時々起こることであって、処理を母に任せるのも当然であり、なんでもない日常のことである。目の焦点をどこにも合わせないように少し遠くをぼんやり眺めて、自分の下半身に集中しない。

母も慣れたもので、私を責めることもなく淡々と作業をしてくれます。がらんと空いたお風呂場が見えて、私が少し嫌いな丸い小石柄のタイル貼りの床が見えます。お風呂のマットの上はいいけれど、うっかりマットから足が外れてタイルを踏んでしまったとき、ぬるりとしていてとても汚い気がする。湿ったお尻やももがいま拭かれている。母が持ったぬれタオルが私の肌に触れる。幼稚園のトイレの、黒くぬれた灰色のタイルを思い出す。汚い。

この日の幼稚園、午前中はまずなわとびの時間。なわとびなんて、やったことありません。ししど体操のときと同じように、子供たちは前後左右を空けて四角に並ばされました。

「なわ」の端を両手で持って、背中側から足下側へと回し、それを飛び越えるらしい。私は教えてもらったとおり、与えられた黄色いビニールのなわを持って腕を後ろから前へ振りまわしてみました。なわはヒュッと頭上を越えて、私の両足の前にぺとりと落ちました。動かないなわを片足ずつまたいで越えると、私は少し前に進んでしまいます。また後ろから回す。なわが目の前に落ちる。またぐ。どんどん前の子に近づいてしまうので、気まずい思いで一旦後ずさりをします。

周りの子供たちがしていることと私がしていることは、見るからに違います。こんな複雑な作業を周りの子供たちは一瞬でなしとげているようで、なわはヒュンヒュンと音を立て、みんなその場から移動せずにリズミカルになわを跳んでいる。私は四方をそんな子供に囲まれて、なわを目の前に落としてはまたぐ作業の繰り返し。

ときどき周りから視線を感じます。

まったく万事この調子で、私はここで露骨に嘲笑を受けるわけではないけれど、周りの子は私と一定の距離をとって、導火線に火をつける瞬間を狙っているかのようです。歌の時間に後ろの子から押されたりとか、帰りの時間に押しのけられたりとか、転園した直後から兆候はあるのだけれど、ここの空気はまだまだ張り詰めることができそうで、全員が私に一斉に浸入してくるためのもう少し決定的な理由をほしがっているように感じます。私はきっと値踏みされている。私の試用期間が終わる日は近いうちに訪れる。

ししど幼稚園に通いはじめてからほぼ二週間。

その日も苦行である給食をできる限り食べきったあと、この日の午後は「おたのしみ」の時間でした。「フルーツバスケット」が行われるとのこと。これは私も札幌で経験したことがあり、ルールについて問題はありません。

先生の言うのにしたがって、子供たちはがやがやと机を教室の後方へ押しやって、椅子だけを並べはじめました。木の座面が内向きになった大きな円形が教室のまんなかに完成します。半分くらいの椅子には、お母さんたちが持たせたのであろうクッションやざぶとんの類《たぐい》が載せられ、ぬいつけられたひもで、背もたれを支える二本のパイプに結びつけられています。私も、これがほしいなと思っていたんでした。今日帰ったときにお母さんに言おう。クマの絵がついた赤いもの、車やバスが描いてある水色のもの、何も載っていなくて木の座面のままのもの。カーブを描く椅子を順々に横に見ていって、赤、青、木、黒、青、木、木、なるべくそんな順番をとなえて、気をまぎらわせようとしていたけど、あ、これはもう、かなり限界が近い状態になっている。一度気づいてしまったらもう気持ちから消すわけにはいかない。もう座面を見てゆく集中力もない。

実際のところ、給食が終わったころからかなり危ない予感がしていたのでした。今、私はとてもおしっこがしたい。

ここまでの十日ほど、どうにかトイレに行かずにやりすごせていたのはただの偶然のようでした。

どうしてもトイレに行かなければならないとしたら、休み時間にこっそりと花川先生に告げて、屈辱的だけれどひとりでトイレができない発育の遅れた子のふりをしてやりおおせることは可能でしょう。そうすれば先生を盾にして、少なくともクラスの子供の嘲笑の目をかわすことはできる。おそろしい子供たちに「お尻を丸出しにしておしっこをする子」と思われるのと、先生一人に「トイレにも行けない子」と思われるのだったらまだ私は後者を選びます。しかし、ここまで中途半端に我慢してきてしまったせいで追いこまれてしまった。衆人環視のフルーツバスケットの緊張感を打ち破ってまで先生に意志を告げることはできない。

花川先生はぐるりと円形に座った子供たちをひとりひとり指さしながら、「りんご、ぶどう、ばなな、みかん、りんご……」と、四種のフルーツのどれかのグループに分類していきます。私は「ばなな」になりました。いちばん初めに鬼に指名されたのは、小柄で目が細く、いじわるそうな顔をしたやまおかひさと。大声で騒ぐタイプではないけれど、女の子に対していたずらが多く、先生によく注意されている子。

やまおかひさとが円のまんなかに進む。鬼となったやまおかひさとが「りんご！」と叫ぶと、「りんご」グループの子供たちがわっと席を立ち、鬼も含めてランダムに席を入れ替わります。円からは椅子が一脚外されており、席につけずあぶれてしまった一人が新しい鬼になって、同じことの繰り返し。「フルーツバスケット！」と叫んだときは全員が入れ替わります。

私はもう両脚を大きく広げたら蛇口が簡単にゆるむ状態になっていました。もう無表情を保つことすら難しい。なるべく動かないように、「ばなな」「フルーツバスケット」が叫ばれるたびに目ざとくすぐ近くの空いた席を探して、極力脚を開かずに最小限の運動量で移動する。右隣のいちばん近いところの椅子を狙う、って決めたほうがいい。ほんの少しずつ移動していけば耐えぬける。

何度目かの「ばなな」で私は水色のクッションが置かれた席に腰かけ、そこでフルーツバスケットは終わりとなりました。大きく移動するのを避け、とにかくすぐに座ることを目指したおかげで、幸い私は鬼になることだけは避けることができました。まだそうとうギリギリの状態ではあるけれど、股間の筋肉もどうにか緊張を保ったままでやり過ごすことができた。ああ、よかった、大勢から注目される状態で放出してしまうという最悪の事態はまぬがれた。私だって別の土地で一年半は幼稚園生活を経験して来た身、大勢の前で放尿してしまった子供がその後、半永久的にその恥を背負って生きなければならないことを知っています。

ホッとしていると、そういえば、先ほどまでの股間の緊張感がない。

そう気づいた瞬間にはすでに股間は冷たくなり、べったりと両臀部《りょうでんぶ》に水がしみこんでいました。

ズボンを見ると、お尻の下の水色のクッションに「やまおかひさと」という文字が書いてあるのが目に入りました。心臓の音が喉元で鳴っている。

私は、こんなことがあっても、表情を変えないでいることが得意です。

ゲームが終わった子供たちは全員で椅子を並べ替え、自分の椅子を確かめたり、机を引きずりながら運んだり。私は無表情で移動し、クッションのない自分の椅子の硬い座面に座ります。

教室の隅で、やまおかひさとが花川先生に何事かこそこそ話している。細い目でこちらをチラチラ見ている。先生の表情が少しくもる。

私は何も気づかないふりをしながら、お尻の冷たさを感じている。布地はお尻にも、座面にも張りついている。きもちわるい。


空き教室で、私は花川先生と二人になっていました。廊下に面した窓のカーテンは閉めてあり、もも組の教室のほうからは、帰りの会を待ちわびる子供たちのやかましい声が聞こえてくる。私は蛍光灯の明かりとひだによって演出される、カーテンの色合いのグラデーションの妙を目で追っていました。花川先生は、無言で粛々とではなく、たくさん話しかけながら私の下着を脱がせてくれます。

「おトイレ行きたいって言えなかった？」

(言えなかった。あんなところで言えるわけないじゃん)

「行きたいときはいつでも言っていいんだからね」

(言えない。ゲームの途中で先生に話しかけたりなんかしたらみんなが私を見るじゃ

ん）

「これからはちゃんと休み時間に行くようにしようね？」

（おしっこしてるのは見られたくないから一人では行かないって決めてる。これからも行かない）

私は口を結んで頭の中で雄弁に答えながら、どこに用意してあったのやら、持ってきた替えのパンツを花川先生がはかせてくれるあいだ、ずっとカーテンのひだを見つめていました。

10

「やまおかひさと」という名前は変です。

「やまおか」はまあいい。「やま」も「おか」も、言葉としてわかる。自然にあるものの単語の組み合わせ。ただ、「ひさと」が変だ。「ひさ・と」なのか、「ひ・さと」なのか、わからない。「ひさ」という響きも空気が頼りなく漏れていくようで、すわりが悪い。おかしな名前。

自分以外はみんな変だと思う。自分の周りにあるものはぜんぶ汚いのだ。

そう思っていた私の中からどうしてもがまんできない不潔な膨張液があふれ出てきて、やまおかひさとのクッションにシミを作ってしまいました。その水分は教室の近くのトイレのにおい以上に容赦なくクラスじゅうを満たし、私とクラスのあいだにまだピンと張っていた緊張の糸をくたくたにしてしまう。水中で私は子供たちと否応なく合流し、小鬼となった子供たちがついに私の中になだれこんでくる。

先生とふたりで別の部屋に行って戻ってきて、私が入ってくると同時に帰りの会が始まります。汚れたパンツとズボンは取り替えてもらっている。明らかに何かあった様子はこのクラス全員が感じてるだろうし、気づかなくてもやまおかひさとが言いふらすでしょう。

少し離れたやまおかひさとの席から鋭い視線を感じる。問題のクッションは、彼の椅子から取り外されています。

ニヤニヤしているたかぎたかまさの横を通って、自分の席に着きます。

後ろからたかぎたかまさが小さな声で「おもらし～」とささやいてくる。おしっこが耳に入ったような気持ちになる。私は微動だにしない。

帰りの歌のときは、いつもより強くどしんどしん押された気がします。それでも、まだこのときはみんな整列しているから平気。このあと、先生とタッチをしてから子供たちは放り出される。このときがいちばん危険です。彼らは好き勝手にふるまいながら帰りのバスが用意されるのを待ったり、親を待ったりしますが、この間は園庭や教室が無政府状態となるのです。

この時間の立ち居振る舞いに困っていた私は、いつもなら教室の隅で気配を消しながら掲示物を眺めたり、靴を履いてから虫のような動きで建物と物置のあいだに挟まれた陰の部分に入りこみ、フェンスの向こう側に広がる畑を見たり、地面に生えた雑草のひとつひとつを眺めたりちぎったりしていました。しかし、この日からは、今まで消せていた気配がどうしたって消えないことがわかっている。

花川先生とタッチしたあと、いつも以上にそそくさと外に出て物置裏に行くつもりだった私は、しゃがんで靴をもたもたと履いている途中で、早々にやまおかひさとに呼びかけられました。

「おい、おもらし」

ここに来て初めて「お前」と呼ばれたときもびっくりしておびえたけれど、「おい」と呼ばれたのも初めてでした。後ろから飛んできた声が私の頭をひっぱたいたようで、靴を履く手がもう動かない。

おそるおそるふりかえると、茶色い顔のやまおかひさとがいました。初めてこんなに近くで彼の顔を見たけれど、やっぱりおかしい。目というものの形は左右がスッと途切れるように細くなっていて、まん中の部分が広く開いているものだと思っていたのに、やまおかひさとの目はあまり開いていないように見える。まぶたの二重の線は、目尻側にだけほんの少しのぞいている。目の黒い部分も、上下のまぶたが空間を狭くさえぎっているので円く見えない。目のふちに沿ってさほど必要でもなさそうなごく短いまつげがかろうじて生えている。眉毛もずいぶんと薄くて形がはっきりしない。たくさん生えている髪の毛は一本一本がくるくるゆるやかに巻いている。髪は少し明るい色なので、髪と肌の色があまり変わらないように見える。改めて、私がよく見る家族の顔に比べるとおかしな部分の多い、汚らしい顔だと思いました。

後ろにはたかぎたかまさもいる。何かおもしろいことが起こると思って集まってきたのか、よく知らない男たちも数人その後ろにがやがや控えている。

半ば無視してぎこちなく靴を履き、どこかに行こうとした私だけど、ずっと値踏みされていた私は「おもらし」という名を与えられることで彼らの内に取りこまれたようでした。彼らは口々に私を新しい名前で呼びながらやんわりと取り囲み、私は園庭の遊具のあるほうへ強制的に誘導されてしまう。新しい名前で呼ばれるたびに恥ずかしさと憤りが湧き立って顔が膨らんでくるようだけど、やまおかひさとは「クッションどうしてくれるんだよぅ！」と語尾に力を込め、ときどき被害者の立場での訴えを差しこんでくるのでこちらも非常に分が悪く、それを言われるたびに自分の情けなさもいちいち上書きされて、感情が行き止まりになり、黙るしかなくなってしまいます。私が気持ちの逃げ場をなくして棒のように突っ立っていると、帰りの歌のときのように、「おもらしー！」と呼びながらたかぎたかまさがどしんと私の肩を押す。押されてよろめいた側にはまた別の男がいて、押し返してくる。よろめくとまた次の男に押される。やまおかひさと、たかぎたかまさは知ってるけど、この輪に加わっているほかの三人の名前はなんだったかな。白くて面長のは、おちあいじゅんいち。太ってて肌が黒いのは、こだまたくや。背が大きくて顔が赤いのは、しもだふみまさ。ああ私はみんな覚えてる。どしーん、どしーん、と押し返されて、五人で作られた枠の中をビー玉みたいにはねかえりながら、押されるたびに電球のスイッチが入るように頭の中に名前のひらがなが灯ります。私は壁の名簿を毎日のようによく見ていたから、クラスの子の顔と名前がもう全員一致してるんです。すごいでしょう。

「ちょっとちょっと、何やってるの」

その声で五人の動きはストップ。花川先生が教室を出て小走りでこちらに駆け寄ってきました。

「やめなさいまったくもう、そういう……」

花川先生は曖昧な言葉をつぶやきながら溜め息まじりで割って入ってきて、男たち五人は笑いながらちりぢりになりました。

せっかく一人一人の名前を思い出す遊びに興じていたのに、と思って突っ立ったまま花川先生を見上げると、先生は腰に手を当てて、困ったような顔をして無言で私を見下ろしている。気まずい。さっきのカーテンのひだの模様が頭の中を流れる。先生だって、私をどしんどしん押してここから突き出してくれればいいのに。先生が掛けているピンク色の、花の刺繍が入ったエプロンはいかにも幼稚園の先生といった感じで嘘くさい。

その日の夕方、もう百ページほど描き進めていたペンちゃんの漫画を畳の部屋で読み返していたら、とんでもないことに気づきました。

私はペンちゃんといっしょに住んでいるお兄さんとお姉さんの顔をなんの考えもなく簡単に描いていたけれど、人間はこういうものではない。

今日、私はやまおかひさとの顔をつぶさに観察してわかったのだけれど、目はゴマのような黒い粒ではないし、鼻は一本の線ではなくて穴がきちんとあるし、口はただのマルではなく唇がついているし、髪の毛もたくさん生えている。前から知ってはいたけれど、人間の顔は本当は複雑だ。

ぬいぐるみがモデルのペンちゃんはともかく、人間はきちんと描かなければダメだ。急にここまで描いた百ページあまりが恥ずかしくなってきました。

次のページ、最初にみつおお兄さんとみかお姉さん（私はお兄さんの妹として、みかという登場人物を作っていました）を描くとき、私はふだんは十数本描いて終わりにする髪の毛をまずガリガリと何本も何本も描き、その部分の紙が真っ黒になるほどに埋めました。一本の線で表現していた眉毛も、ぐりぐりと実際の眉毛のように何本も描きました。目もしっかり菱形のような形にし、黒目の茶色い部分、瞳孔の部分を描きわける。そして、目には上にも下にもびっしりまつげが生えているから、それもきちんと描く。鼻にはちゃんと二つの鼻の穴。口には上にも下にも唇を。上唇には山形が二つある。

とてもごちゃごちゃした顔になった。でも、これが本当だ。

目は黒い点、鼻は一本の曲線として描いていた今までのみつおお兄さん、みかお姉さんに比べて、何しろ描きこむ要素が多すぎてたいへんだし、こんなに描きこんだ状態で笑ったり怒ったりする様子を表すのはとても難しい。でも、今日やまおかひさとをよく見て、人間がわかったのだ。今までの私はどうかしていた。

しかし、自分では新しい顔がうまく描けたと思った一方で、ふと寒気がしました。だって、私が今まで読んだ絵本や漫画では、目はこんなふうに描かれていません。まつげもほとんど描かれていなかったし、鼻も口もとても簡単でした。

私は今までずっとおかしな絵を見ていたのに、それに気づかなかったのだ。私は子供だましのものを見せられていたのだ。

五歳にしてこんな真実を悟ってしまった私は、世の中にとってとても不都合な存在のような気がしてくる。もう描いた漫画は母に見せられない。

11

幼稚園に行かない、という選択肢はありません。行くことになっているのだから、私は行きます。母の困る顔も見たくありません。

家を出てストアーおおばのほうへ向かうとき、遠くのつきあたりに信号が光っています。それをパッと見て、緑色だったときはとてもいい日。赤かったときは、いまいちの日。ただ、この信号は緑の時間がとても短い。緑色のことなんて、めったにない。

この日も赤。赤色に心臓を突き刺されているような気分で、いつものバスに乗ります。

バスを降りてひとり眺めると、広い園庭の先に見える建物はいつも以上にどっしりとまがまがしく構えていて、そこから発された子供たちの下品な大声はもう耳に届いてしまう。私は息を止めて潜るような気持ちで泥の城のような園舎に向かいます。

教室に入ると、すぐにやまおかひさとが私に気づき、きつねのような笑顔で「あ!」とわざとらしい大声を出しました。そしてすぐ、飛び跳ねるようにたかぎたかまさのもとへ。私の席もその隣です。彼らのほうに近づいていくしかありません。

昨日から今朝にかけて、状況が完全に一変したのはわかっています。私は昨日、彼らが私を位置づけるための決定的な理由をうっかり与えてしまったのです。その絶望的状況はわかっていても、着くべき席がそこにあるから、私はそこから逃げられない。

「おもらし」

「おもらし〜い」

「おもら」

私が視線を合わさずに席に着くと、何がおもしろいのか、たかぎたかまさとやまおかひさとは後ろからずっと私にいろいろな呼びかけ方をしてきます。私はそんな名前ではないから、反応する必要なんかありません。

二人がわいわい下卑た騒ぎをしているせいで、そのうち後ろには子供が何人か増え、その中の誰かが新しい名前を考案しました。

「もらしマン！」

私は肩を動かさず、後ろを一切見ないようにしているので、誰が言い出したのかもわかりません。男たちはこの「もらしマン」がたいそう気に入ったようで、ひとしきりギャハギャハと空っぽの頭を鳴らすような大笑いをして、それからは「もらしマン」に統一されたようです。

「もらし、マン！」

「もらし、マン！」

「マン」のところで私の肩をズンと押してきます。私は棒のようにふんばって、なるべく何も起こってないようにふるまいます。

まったく、ここはなんて不潔で下劣な世界なんだろうか。私は今まで、文字がたくさん書けたり、絵がうまく描けることで、正当に評価されてきた。ところがそれらはここでは何とも思われず、どうやらかけっこだのなわとびだの、私が一つもおもしろいと思えないものが得意な、くだらない人ばかりがほめそやされている。そして、ほめられるべき私がこうして理由もない攻撃を受け、非道な扱いにじっと耐えている。

この不条理さについて黙って頭で突き詰めていると、後ろから押された勢いで目からビュッと涙が出そうでしたが、それではただいじめられて泣いている弱い人のようで恥ずかしいことこのうえないので、ただ私は棒となって花川先生が教室に入ってくるまで固まっていました。

水曜日の午後も信号は赤。

信号に向かって車のめったに通らない道を歩いて、幼稚園のバスが停まる場所に向かいます。おおばさんの向かいにはシャルルというケーキ屋さんがあり、その裏手がピアノ教室です。毎週水曜日はピアノの日なのです。

ケーキ屋さんの看板を見ながら、シャルルという名前は「ル」が一つ多いんじゃないかな？　なんていつも思い、ブロック塀を回り込んだら目立たない入口があります。鮮やかな緑のマットが敷いてある小道を通り、色あせた赤い塗装のドアを開けて、靴をぬいで、スリッパを履いて。

それにしてもスリッパという履きものは正しい履き方がわからない。かかとに引っかかるところがないから、ふつうに歩いているとすぐに前の方向にぬげてしまう。玄関をあがって真っ正面の部屋はいつもドアが開け放してあって、むかしそろばん教室に使われていた部屋らしい。がらんどうの薄暗い部屋に長い机がたくさん並んでいる。ちょっと怖い。この部屋を通らないとトイレに行けないらしい。

足の親指に力を込めてどうにか引っかけて、ずるずるとスリッパを引きずりながら左に延びる廊下のつきあたりの部屋に入ります。フェルト地のような緑色のじゅうたんが敷いてあるその一室がピアノ教室。入った瞬間に、たかいだ先生と目が合います。たかいだ先生は笑顔で「こんにちは」と言ってくれるので、その邪気のない笑顔は、私の毎日の幼稚園でのやりきれない気持ちを見透かしてくるよう。私は恥ずかしくなり、小さな「こんにちは」を言いながら部屋の奥に置いてある古いソファーに腰かけ、ひとつ前のレッスンの子が終わるのを五分くらい待ちます。

部屋は北向きなのであまり日が入らないけれど、ソファーの背面にあるすりガラスの窓の外には大きな木が植わっている。葉っぱの影がガラスに映って、きれい。

私の前の時間の子は、先生から「あっこちゃん」と呼ばれています。たぶん同じくらいの年齢だと思うけど、何者かよく知らない。あっこちゃんは男の子みたいに短い髪で、無口で無表情で、先生とほとんど話さない。私とも話したことがない。私はあっこちゃんのこと、うらやましいって思う。私は腹が立ったら顔に出るし、ちょっとしたことで笑っちゃうし、泣くし、人の機嫌が悪そうだったら気にしてしまうし、感情が忙しくて疲れてしまう。あっこちゃんはピアノは下手だし変な顔だけど、こんなふうにしていられたら毎日が大変じゃないのに。

レッスンが終わり、あっこちゃんは同じ顔で、とても小さな声で「ありがとうございました」と言って出ていきました。私は母がぬってくれたキルティング地の手提げバッグから『ひきましょう』を取り出し、最初のほうのページを開いてレッスンが始まります。

たかいだ先生は母よりも花川先生よりも大きい。とりわけ顔が大きい。父くらいに大きく感じる。前髪がくるりとカールしていて、もじゃもじゃしたパーマの髪の毛が背中のまんなかまで垂れている。女の大人でこんなに顔が大きい人を見るのは初めてで、最初はちょっと怖かった。しかし、たかいだ先生はほかの大人と少し違う。どんな大人も、ときどき見せる本性というのか、ふだん私に対して必要以上にニカニカして子供として接してくるくせに、その緊張感がふっとぬけたときにあっさりと垣間見えてしまう皮がむけきった大人の部分があるけれど、たかいだ先生にはそういうところがまったくない。つまり、たかいだ先生は、どうやら子供に接するときにわざわざ子供に対する演技をしていない。私はそこが気に入っていました。

こうなると私も、むしろ子供らしい部分を隠そうとせず、たくさん笑顔をふりまきながらピアノ教室を楽しみたいと思ってしまいます。実際ピアノのレッスンは楽しかったし、一対一であることも非常に都合がよかった。ほかの子供は、あっこちゃんのような人をのぞいては大人以上に敵であり浸入者なのだ。

「なっちゃんは本当に覚えがいいよね」

私はたかいだ先生からなっちゃんと呼ばれていました。「なっちゃん」なんて呼び名はほかで聞いたことがない。最近ついてしまったいまいましいあだ名は措《お》いておくとしても、幼稚園にいる大半のよそよそしい子は「もりくん」、花川先生も「もりくん」。母と祖母は「なつくん」です。でも、たかいだ先生は何の確認もなく、いきなり当初から「ちゃん」をつけた親密な名前で呼んできました。この距離の近づけ方も初めてで、私は毎度呼ばれるたびにくすぐったいような気がして、気づかれない程度にちょっぴりからだを横によじってしまいます。

たかいだ先生は、興味がないのか単に思いつかないのか、幼稚園の話題についてはは私に何も聞いてきません。そこもホッとするところでした。水曜日、週に三日も幼稚園に行ったあとのピアノ、ここで一度あたまのなかをきれいにして、翌日からまた三日、口を結んでうつむきながら幼稚園の嵐が過ぎるのを待つ。そんなサイクルが少しずつできあがってきました。

私がこの幼稚園のもも組に加入させられてから約一か月。ついに名簿の順が最後まで進み、私にも「お当番さん」の番が回ってきました。

たかぎたかまさややまおかひさとたちは、先生の目が届かないときに私が視界にいるとやはり囲んで押してきたり、かばんを蹴ってきたり、帽子を投げたりしてきます。数日に一回起こるこれは私にとって確かにたいへんな災害でしたが、彼らは頭が悪いので集中力がなく、ほかに興味のあることがあれば私など無視して園庭を駆けまわったり、鬼ごっこらしきことをしたりしています。私は突発的に起こる災害を卓抜した観察力によって入念に避け、運悪くターゲットになったときだけからだを硬直させてやり過ごせばいい。私はほかの子供たちよりも要領がいいから、場に最適なふるまい方がすぐにわかるんです。

さて、お当番さんですが、入園当初は回ってくることを考えるととても気が重くなっていたものの、今となってはむしろ少し楽しみなくらいになっていました。

大きな声を出してあいさつしたり号令をかけたりするのだけは苦手だけれど、お当番さんをやっている限りはその場で先生が私に注目しているので、私が不当な扱いを受けることはない。変な名前で呼ばれることもないし、押されることもない。

朝の会で恒例の掛け声によって私がお当番さんに任命され、ちょっぴりがんばって声を出してあいさつを済ますと、先生が名簿を渡してくれます。私は「しゅっけつをとります」と言って上から順に呼びあげる。

私がお当番さんを楽しみにしていたのは、何よりこの「しゅっけつ」があるからでした。ほかの子供たちが一文字ずつ、つっかえつっかえしながらクラスの子供たちの名前を呼ぶのを私はずっとふしぎに思っていました。私は壁に貼ってある名簿を毎日のように眺めているので、「しゅっけつ」がとても得意です。私は大人と同じくらいのペースで、すらすらとクラスの子供の名前を呼ぶことができました。

しかし、ひととおり全員の名前を呼び終えても、私の流暢《りゅうちょう》な呼びあげぶりに対してクラスの子供たちは特に驚く様子もありません。男の子たちはいつもと同じように「しゅっけつ、ケツ！」などと言ってクスクス笑っています。一か月も同じ笑い声を聞いていて、私にはもう全然おもしろくありません。拍子ぬけして、ちょっと泣きそうな気持ちで花川先生を見ると、先生は一言「はい、ありがとう」と言うだけ。

そのあとは先生といっしょに職員室に行き、ほかの先生に結果を報告するまでがお当番さんの役目です。

　がっかりしながら先生に連れられて廊下に出、二人きりになると、花川先生は私の顔を見下ろしながら「名前、すらすら読めるのねえ」と唐突に言葉を落っことしてきました。

　完全に期待が外れていたところに思わぬストレートなほめ言葉が来て、私はあまりにも驚いてしまいました。思わず花川先生の細い目を一度しっかり見て視線が合ってしまい、また急に恥ずかしくなって目をそらし、小さい声で「うん……」と返事をして。そしたら走りたくなってしまって、「あ、ちょっと！」と面食らって制する花川先生を置いて、つきあたりの職員室の入口までダッシュして、ノックもせずにいきなりガラリと戸を開けてから誰とも目が合わないうちに後ろをふり向いて、花川先生が追いついてくるのを確認してからまた部屋の中に向き直り、いちばん大きな声で「もも組！　お休みいません！　よろしくおねがいします！」と部屋中に叫び、すぐにまた後ろを向いて走り出しました。走ったものの行き先が思いつかず、もも組の教室の手前で急ブレーキをかけ、廊下の手すりをつかんでぶらーんとぶらさがって先生のほうに向き直ると、先生は今までより少し小さくやわらかく見えました。私はさっき職員室で放ったばかりの大声がまた急に恥ずかしくなって、右手でしっかり手すりをつかみ、もっと体重をかけてぶらさがりました。

12

お当番さんの日の一件以来、私はもしかしたら花川先生から気に入られているのかもしれないと思うようになりました。

表情から気持ちを察することが難しいその鋭い目が初めは怖かったのですが、考えてみれば花川先生もさほど感情を出すことがなく、ふだん激しく怒ることもなければ、露骨に他の園児をほめたりすることもない。私がおもらしをしてしまったときも怒らなかったし、いつも案外優しく声をかけてくれる。その先生が一対一で一言ほめてくれたんですから、これは重大な事件です。

先生に希望を感じはじめたのと同じころ、私は幼稚園のなかにとっておきの避難場所も見つけてしまいました。おゆうぎの部屋です。

このししど幼稚園は、園庭側から見るといちばん左が職員室で、その隣に教室が四つ並んでいます。左からさくら組、うめ組、もも組、そして一つ空き教室がありますが、そのさらに右側にあるのがおゆうぎの部屋。名前のとおり、おゆうぎ会や、あるいはちょっとした集会や、雨の日に運動をするために使われる大きな部屋です。

ある日のお昼休み、私はまず凶暴な男たちが私に興味を持たずに園庭に飛び出していくのを注意深く見届け、そのあとは起こりうる災難から逃れるためにとりあえず廊下に出ました。廊下は誰にとっても経由地なので、どこかから来て、目的地のどこかへ行ってしまう人しか存在しない。しかも、教室から園庭に行くには廊下を経由する必要がない。だから廊下にはもともと人があまり来ず、人が何かに目をとめることも少なく、比較的安全であることがわかってきたのです。私はそんな廊下の隅にいながら、人に注目されないよう警戒心をゆるめることなく、そのなかでもさらに安全な場所を視線で探していました。

そのとき、ふとおゆうぎの部屋の戸が目にとまりました。廊下の行き止まりにある、ガラスのはまった木の色の戸。体操の時間に何度か入ったことはあるけれど、お昼休みにここがどうなっているのか、そういえば知りません。

もも組の隣の空き教室には鍵がかかっているので、そちらの方向にはあまり子供が来ません。その空き教室の前の廊下を通ってそっと近寄り、背伸びをしてガラス窓からおゆうぎの部屋の中をのぞいてみる。薄暗くて中はよく見えませんが、子供も大人も、誰もいなそうです。

　中に入ってみたいけれど、もしかしたらここにも鍵がかかっているかもしれない。後ろをふりかえり、先生がいないことと、誰も私を気にしていないことを確認すると、そっと右側の戸の取っ手に手をかけ、ゆっくり力を込めてみました。しかし、私がおそるおそる引いたくらいでは動きません。鍵がかかっているのか、単に戸が重いのか、よくわからない。両脚に力を込め、取っ手に両手をかけて全身で力を込めると「んふ」という変な声が出てしまい、まずい、と思う間もなく私の声の三倍くらいの音を出してガタガタンと戸が五センチくらい開いてしまいました。

　怖くなり、早足でさっと廊下の壁際に身を寄せましたが、あいかわらずほかの子供たちはほとんど教室か園庭にいるし、もも組の入口のあたりにたまたま女の子が固まっているせいで私のいる場所は職員室側から死角になっています。私の行動はどうやら誰にも気づかれていません。

　鍵がかかっていないことはわかりましたが、五センチのすきまではさすがの小さな私も入れません。しかし、これ以上開けてはもっと大きな音が鳴ってしまい、危険です。

私は戸の左のへりを少しずつ少しずつ押して、あまり音を立てないようにこっそりと閉めました。そして、なにげなく歩いてもも組に戻り、運よく開けっぱなしになっていた教室の後ろ側の入口を通り、教室の内側をあまり見ないように、誰にも気にされないようにそっとテラス側にぬけました。

テラスからは園庭で走りまわって遊んでいる子供たちがたくさん見えます。私は緑色の硬いテラスの床を一歩一歩踏みながら、おゆうぎの部屋のほうへ。そのまま奥まで進んでいくと、左に園舎、右側にはやや大きな物置が置いてあります。いつも帰りの時間、靴を履いたあと逃げ場がなくなったとき私はよくこの物置の裏側に避難していますが、このテラス部分も物置にさえぎられて半分が陰になっている。

おゆうぎの部屋のアルミの引き戸に手をかけると、カラカラと軽い音を立てて、あっさりとここも開いてしまいました。むしろ開かないでほしかったような気持ち。あわててふり向き、子供も先生も近くにいないことを一瞬で確認すると、私はすばやく室内に入りました。

机も椅子もない、教室よりもひとまわり大きな部屋は、中でたくさんの子供が運動しているときの何倍も広く感じる。窓のカーテンは閉められているし、物置のせいで半分陰っているので、部屋全体が薄暗い。園庭で遊ぶ子の声も、二つ隣の教室で暴れている子の声も、膜がかかったようで、耳に柔らかく入ってくる。きっと窓ガラスに阻まれているからだ。透明なガラスが羽衣のようになって音を包んでくれているのだ。

床は細長い木が互い違いに組み合わされてできています。木と木の境目の部分をあみだくじのように目でたどる。ずっと向こう側までたどっていくと、奥のほうは果てしなく遠く、追えなくなってしまう。

三方の壁には、先生が描いたと思われるうさぎや馬やライオンなどの動物の絵や、折り紙で作った星形の飾りや、何の形かわからないカラフルな色紙や、いろいろなものがごてごてと貼ってあります。右側の壁際には使われていない空のロッカーがあり、正面の壁の中央には時計。いま私が入ってきた入口の上にはテレビがのっけられていて、正面の壁にはおふとんの二倍も三倍もあるような巨大なマットが立てかけてあって、部屋の右奥の隅には跳び箱が置いてあって……しかし、こんないろいろなものが置いてあるにもかかわらず、ここは自由になっている空間がものすごく大きい。人が誰もいないからだ。あまりにも自由すぎて私の身の置きどころがわからない。

お昼休みの時間はまだありそう。そして、どういうわけかこの部屋に誰か来る気配はない。この部屋はこの時間、誰からも見えていないのかも。

私はまず、おそるおそる部屋のまんなかに歩み寄って、ぜいたくに部屋の中央に座ってみました。ゆっくりと音を立てずに、どんな気配からも気づかれないように。

座っても、何も変わらない。

あいかわらず外の声には膜が張っていて私の中にちっとも入ってこないから、心の中がどんどん平らになってきて、ずーっと、ずっと、心の向こう側まで見えてきたような気がして、すると、心臓の鼓動が聞こえてきた。

ゆっくりと右手を床につき、からだを右側に倒して、脚をぎこちなく少しずつ伸ばして、ささくれの目立つ木の床に横向きに寝ころがってみる。最後に頭の力を抜くと、ごん、というやわらかい音が頭に響いて、頭蓋骨が硬い床に一点で触れて、後ろ髪がこそこそと床に垂れた。

はるか遠くまで続くように見える茶色い平らな床は、窓から漏れた光に照らされたところが鈍く光っている。また木の継ぎ目をあみだくじのように目でたどっていく。鼓動のリズムに合わせて直角に曲がって進んでいく。ずっと先はぼやけてわからない。もっと奥を見れば跳び箱の各段の数字が見える。白いスタンプのような文字、下から

8、7、6、5。いま、私は5歳。
この先、のぼっていくらしい。

こっそりここにいるのはとてもいけないことのような気がするけれど、ふしぎと怖さや緊張感はないいし、寝ころがっているのに眠くもならず、逆に気持ちはちょうどよく張っている。誰も来ないし誰もいない。耳は静かな状況の音を丁寧にとらえている。高いところに視線を移すと、時計の秒針が音もなくまわっている。秒ごとにカチ、カチと動くものではなく、スムーズに滑るようにまわっている。確かな時間が正しい速さで過ぎている。

しばらく時計を見ていると、あと数分でお昼休み終了のチャイムが鳴る時間になってしまいました。

部屋と時間と私がこんなにいっしょに動いていたのに……。ちょっと悔しい思いをしながら私がのっそり立ち上がると同時に、外から響く子供の声が少しずつ耳に現実味をもって戻ってきて、私はまたさっきのアルミの戸を開け、同じようにゆっくりと閉め、周囲に注意しながらもも組に戻りました。

しかし、私があそこでしばらく静かな時間を過ごしたところで、もも組の空間は何も変わっていません。私がおゆうぎの部屋であんなに好き放題ふるまっていたことを、誰も知らないのです。

私のことを部屋だけが知ってくれている。

どこにいても身の危険を感じるこの園内で、被害を避け、状況に抵抗する方法を私は少しずつ見つけはじめていました。


幼稚園の廊下であっこちゃんを見かけたのはその次の雨の日のこと。

隣のうめ組に入っていくのを見た。

あれはおそらくあっこちゃんでした。

お昼休みの廊下で、また私がぎゃあぎゃあ騒いでいる男たちの照準から外れた位置にどうにか突っ立ってなんとなく遠方に視点を合わせていると、よく動く大勢の子供の向こうに静かなよどみがあり、特徴的な髪形と例の変な顔にふいにピントが合ってハッとしたのです。

短い髪で無表情なのは、やっぱり変わらない。でも、よく目立つ太った女の子といっしょに、小声で何か話しながら教室に入っていくのが見えました。

あっこちゃんはどこか私のあずかりしらぬところで浮遊して生きているように感じていたので、彼女が暴力のまかり通るこの物騒な建物のなかに当たり前のように現れたことに私は動揺しました。感情をどこにも発さず、面倒な、かかずらいたくない事と事のあいだを紙きれのようにスルリとぬけていきそうなあっこちゃんも、この幼稚園というものには取りこまれないといけないのか。ショックでしばらく、うめ組の入口を見つめながら立ちすくむ。

しかし、逆に考えれば、あんなあっこちゃんもこの場で生きていけているということです。あっこちゃんは一体どうやって毎日暴風雨が吹き荒れるようなこの空間と折り合いをつけているのだろうか。

13

幼稚園に向かうバスの車窓からの眺めは、目的地に近づくにつれてただでさえ殺風景になっていくものでしたが、少しずつ空気がキンと締まるようになり、枯れて乾燥した落ち葉がガシャガシャと足下で楽しく割れる音を聞けるようになってくると、いよいよ幼稚園の手前の太い交差点から見える風景の色には茶色と灰色しかなくなってしまいました。園舎にあがるときのペタリとした緑のテラスも氷のようになり、暖房設備の貧弱な教室は札幌の幼稚園よりも残酷な寒さです。

歌の時間に後ろから押されることと、ときどき男たちの気の向いたときに輪の中に入れられて四方から押されることに加え、早い段階で私は運動能力の低さを気づかれ、なわとびやかけっこのときにからだの動きを笑われるようになりました。

毎回私はしっかりいやな気持ちになっていましたが、折り紙やお絵かきの技能がほかの子供たちに比べて圧倒的に高いことは自覚していたので、笑ったり押したりしてくる中心人物であるやまおかひさとやたかぎたかまさのことを内心で人とも思わず、心から見下すことで彼らの愚かなふるまいを水に流すことにしました。幸い、蹴られたりぶたれたりして物理的にからだが傷つくことはなかったので、過剰な注目を浴びて恥ずかしい思いをすることもありませんでしたし。許してあげる、なんて寛大な私。

最大の問題であるトイレはあいかわらず厄介だったけれど、それについても少しずつプロセスが確立されてきました。どうやら今日は行かなければもたなそうだ、というときは、多少の信頼をおくことができるようになった花川先生にこっそりと近寄って、小声でトイレに行きたい旨を伝えます。すると、他の子供たちの目から逃れたうまいタイミングで、誰にも知られぬようトイレにお供してもらうことができるのでした。時には視線だけで察してくれることもありました。もうおそらく教室であんな失態を犯すことはないでしょう。

ほかにも、私は花川先生を利用することに長《た》けてきたような気がします。男たちがちょっと私を使って遊びそうな予感がしたときには、なにげなく先生に近寄って災難を逃れることもできる。

帰りぎわ、先生にタッチをしたあとバスに乗るまでの自由時間がいちばん危ない。このときにはちょっと目を合わせてタッチをして、すぐにどこかに駆け出すことはせず、しばらくわざと近くでもたもたする。先生がそこを一旦去るまで視界のなかにいつづけて、面倒な男たちが遠くにちりぢりに駆け出していったのを確認してから、私はスイッと忍者のように一人で物置の裏に行って時間をやりすごす。

物置とフェンスのあいだにある人ひとりぶんしか入れないスペースは、入園当初にその存在に気づいてからずっと心地のよい場所でしたが、特に湿気の多かった時期からだんだん空気が乾燥するようになってくると虫の吐息を感じなくなり、草木も生気を失って枯れはじめ、私以外なにも生きていない空間を独占できるようになって、ますます快適になりました。

おゆうぎの部屋というとっておきの場所も見つけたのでそこに行くこともありますが、それはちょっとしたごほうびです。おゆうぎの部屋の戸にはなぜか気まぐれに鍵がかかっている日もあったし、頻繁に訪れてしまうとこの至高の空間が誰かにバレてしまう可能性があるので、特別にいやな気分の日に行くことにしていました。そこにはやはり誰も来ることがなく、鍵が開いている日には私の心を静めてくれました。

嵐のような環境で災いを避けることにいくぶん慣れてきたころ、私はふとあるグループの存在に気づきました。

この幼稚園の休み時間、男はほぼ全員、女も大半は外に出て、駆けまわったり砂場で何か作ったりしています。雨の日ですら教室中を走っていて、椅子に座ったままという子はほとんどいません。私はそんな子供たちの視界になるべく入らぬようにふるまうことに精一杯で、ほかの誰がどこで何をしているかなど自分に被害が及ばない限り気にとめていなかったのですが、天気がよくほとんどの子供が園庭に出ているときでも、一部の女の子は机の周りに寄り集まって座ったまま何かしているようです。

よく見れば、かつて母がむりやり引き合わせた近所のさっちゃんもそのグループの中に常にいる。たまにこうして教室の隅に集まって何かしているのは、おおむね特定のメンバーであるようなのです。

さっちゃんが同じクラスにいることはもちろん最初からわかっていました。しかし、一度お家に行ったときに仲よくなったとはとても思えなかったし、特に話す必要性もないので、同じバスに乗っていても、同じクラスにいても話すことはありませんでした。

母が私に友達というものをつくらせようとする努力はまったくもって理解不能で、

家でひとり漫画を描いているのが私にとってはいちばんだったのですが、この幼稚園の過酷な環境の中でだまって座ってひとりで漫画を描くなどという離れ業は不可能。休み時間にひとりで机に向かって何かの作業をしているのは非常に目立つため、野蛮な男たちにとってはいちばんの遊び道具になってしまいます。だから私はひとりであてもなくうろついたり、人目につかないところへ行ったりしなければいけなかったわけですが、彼女らは座ったままで何かに興じている。口数の少ない、字もあまり書けなくて絵もへただったつまらないさっちゃんが女の子たちにまじって何をしているのか。

何度もくりかえしてきた壁の名簿を読む時間つぶしの作業から向き直り、なにげないふりをして少し近寄ってみたところ、そのグループの中の、肌がすきとおるように白い、ぷっくりと太ったえんどうしずこが先に話しかけてきました。

「ここ座りなよ！」

急に大きな声を飛ばされて、少し私のからだは震えたかもしれない。えんどうしずこはふだんの配置の座席からは遠く、一度も話したことはありませんでした。大柄なうえに声も大きいのでちょっと怖い。

机の周りを囲むように座っているのは五人で、椅子がいくつか余っている。さっちゃん以外は、名前こそ知っているけど話したことはありません。

座りなよ、と真っ正面から言われてたじろいだ私は、私の次の行動を待つ十の目に気圧《けお》され、逃げるわけにもいかず無言でえんどうしずこの向かいの席に座ってしまいました。

知らない人たちに囲まれて何をされるのかと肩をこわばらせていると、えんどうしずこだけじゃなく、さっちゃん以外の三人が次々に私に話しかけてくる。

「もりくん、絵うまいよね！」

「すごいよね！」

「ねえねえ、おおやまさんと仲いいんでしょう？」

「絵、描いて！」

「おひめさまの絵描いて！」

いっぺんに話しかけられて鼓動が高鳴り、頭が熱くなってきました。確かに「せいさく」の時間に作った折り紙や絵はときどき教室内に掲示されることがあり、私の絵もみんなの目に触れているのでしょう。しかし、ほかの子供より圧倒的に技術が高いと自認していても、特にここでほめられたことはない。ここはそういうところなのです。私が作ったものに価値を認める人はいない場所であるはずでした。

　そういえば、かつてさっちゃんの家に連れられて行ったとき、絵がへたなさっちゃんに向かっておひめさまの絵を描いて見せてあげたことがあった。そのときさっちゃんは何の反応も見せなかったので私はさっちゃんのことが少しいやになったけれど、いま私が「おおやまさん（さっちゃん）と仲がいい」と誤解されているうえ、突然おひめさまの絵という発注が入ったのは、もしかしたらさっちゃんがこの四人に私の話をしていたということではないだろうか。

　五人の女の子は、何枚かの画用紙にみんなでいろんな動物やおひめさまのような絵を描いて遊んでいたようでした。さっちゃんが描いたらしきおひめさまの絵は前に見たとおりひどいものでしたが、えんどうしずこの絵はそれよりはうまいです。えんどうしずこの右隣のねもとむつみの絵はイマイチ。たけだえいこの絵も変です。私の右隣にいるかんばやしきょうこはちょっと変わったためがねをかけていて、やたら目が大きく見えるので前からそれが気になっていましたが、この子はいちばん絵がうまいようです。

「……いいよ」

私はやや緊張から解放されて、机の上にばらまかれたカラーペンをとりました。最近凝っているような、現実に忠実な画風ではなくて、この子たちが気に入るようなものを描いてあげよう。まずは冠から。

おひめさまの冠の上の部分は、さっちゃんが描いているようにギザギザにしてはいけないんです。きれいな弧を描いて、とんがった部分を三つ立てる。その突端には宝石をあしらいましょう。

おひめさまの輪郭は、ねもとむつみの絵のように縦に長すぎても、かんばやしきょうこの絵のようにただまるいだけでもいけない。少しシャープに、あごをとんがらせて、スマートさを演出してあげて。髪の毛はたけだえいこの絵のようにバサバサではかわいそう。外にくるんとカールさせてあげて。

目はえんどうしずこの絵のようにぐりぐりとぬるだけじゃいけない。縦長に小粒に描いて、まつげを描いてかわいくしあげなきゃいけない。鼻はつんととんがらせて、口は小さく笑顔に。首は細く、ね。

手の指も一本一本描いて、ウエストのところは細く、しかしスカートはふわっと大きく。細い脚をキュッと揃えて、ちょこっとヒールのある靴を履かせてあげます。

そして、ドレスをピンクでぬるときは、白い部分を見境なくつぶしていくのではなくて、規則的に斜線を描くように。サッサッサッと丁寧に埋めていけばいいの。ね。

「すごーい！」

「すごいすごい！」

「きれいだね」

幼稚園の子供からたくさんほめられた。

私はなんとも体験したことのない気持ちになって、少しほほがゆるんじゃって、また肩がこわばってしまいました。変なところに力が入って、少しからだをよじりました。

「先生に見せてあげましょうよ」

かんばやしきょうこが演技がかった口調で言います。私は今、ほぼ初めてしゃべった人たちのあいだで当たり前のように絵を描いて、キャッキャとほめられている。いま先生を教室に呼んでしまったら、さぞ仲よくしているかのように見えるだろう。今まですわりが悪そうにしていた私のような子供がコロリと取りこまれた様子を想像すると、急に恥ずかしくなって、休み時間に絵を描いているのも悪いことのような気がしてくる。「や、や、やだ、やめて、見せないでね」と私は小さな声で必死に言いました。

このクラスで、押されても、笑われても、やめてほしいなんて言えなかったけど、初めて「やめて」なんて言ってしまって、また私は身がきゅっと小さくなる気持ちになりましたが、えんどうしずこは案外あっさりと「ごめんね！　見せない見せない！」とお姉さんのような口調で謝ってくれました。

私はこの女の子たちのあいだの居心地がいいのか悪いのか測りかね、困って下を向き、紙に向かって今度は男の子の絵や動物の絵を黙って描きつづけましたが、描き終えるたびに周りの五人は「うまい！」「すごーい！」と歓声をあげる。私はからだをよじりすぎて、少し笑えてきてしまいました。

14

幼稚園での手なぐさみのようなお絵かきと違って、私が家で私のために描いている漫画にはしっかりとした世界が広がっており、あとからあとから話が浮かんで創作は止まらない。右下に３４０という数字が書きつけてあるページを絵とふきだしで埋めて、ついに分厚い本も残り六ページになりました。一ページがほぼ一コマで構成されている私の漫画は六、七ページで一つの話が終わります。たくさんのエピソードができて、たくさんのふしぎな道具が誕生しました。

途中からキャラクターの絵柄を現実に合わせて緻密にしたので、まつげを一本一本描いたり、唇や歯を丁寧に描いたりして、まんなかへんの数十ページは描くのにだいぶ時間がかかってしまいましたが、そのあとは以前の絵柄と、現実に合わせた絵柄の中間くらいのところで妥協することになりました。

母に見つかってしまったからです。

それまでは描いてすぐ人に見せていたのに、描き方を変えてからは誰かに見られて意見を言われるのがいやになり、描きかけの本をいつも畳の部屋にある出窓の下の収納にしまいこんでいました。しかし、あるときうっかりテーブルに出しっぱなしにしていて、中を見られてしまったのです。

「なあにこれ、なんでこんな絵にしちゃったの？」

居間のソファーでクッションを抱きながらぼうっとテレビを見ていたときに背後で母の声がして、振り返ると母が少しまゆをひそめつつも笑いながらそんなことを言うのです。母が見ていたページは明らかに描いたばかりの細かい絵のページ。私だけが知った世界の秘密があっさりとバレてしまった気がして、しかしもう見られた以上ここであわてるのも恥ずかしく、私は「どうでもいいでしょー」と言いながらクッションに顔をうずめ、ふざけたようにソファーに寝転がりました。もし見つかった場合、もっと母は驚き深刻な顔をするのではないかと思っていましたが、全然そんなことはありませんでした。私が発見した真実は、まるでたいしたことだと思われない。

それからというもの、私は人間のからだを丁寧に描くことが不毛に思われ、結局以前のような絵柄に少しずつ戻ってしまいました。ただ、あいかわらずペンちゃんの世界はどこまでも広がっていき、空白のページは勢いよく埋まって減っていきました。

さて、最後の六ページをどうしようか考えて、私は親戚のうちで読んだ漫画のおわりのほうのページを思い出しました。そこには登場人物全員が並んでいて、プロフィールが図鑑のように紹介されていたのです。私もそれを描きたくなりました。

ところが考えてみると、この漫画には、ペンちゃんと、みつおお兄さん、みかお姉さん、ほかにときどき出演させていたペンちゃんの弟「ペクちゃん」のほか、ほとんど登場人物がいない。ペンちゃんの兄・姉・妹もいる設定にしていたけれど、結局出てきていない。これでは図鑑のページが埋まらない。

そこで、私はその「ペンちゃんのなかまずかん」のページに、ペンちゃんの世界の新しいキャラクターをややむりやり考えて載せることにしました。

肌に傷があってばんそうこうが貼ってある、いじめっ子のペント。ちょっと太ってる女の子のペコミ。めがねをかけたペンすけ。考え出すと案外気分が乗ってきて、六ページはあっという間に埋まり、以前に作った本にあったような著者近影や日付を書くスペースがなくなってしまいました。

完成した346ページのコミックスを私はほれぼれと眺めながら、いよいよこれは本屋さんに並べるべきではないか、と考えました。

本屋さんには同じ漫画がたくさん並んでいます。あれは「いんさつ」という手段を使ってやっていることだと私はどこかで聞いて、知っています。

そう、このあいだ、二度目のお当番さんが回ってきたとき、私は「いんさつ」を見てしまったのです。「しゅっけつ」の報告で職員室に入った私は、入口のすぐ右側で四角い機械がガシャコ、ガシャコと音を立てて、いっしょけんめいに同じ紙をたくさん吐き出しているのに目を奪われました。ふしぎな気持ちでじっと見ていると、花川先生は「ん？　コピー機、気になるの？　こうしてね、おんなじものをたくさんいんさつしてくれるの。すごいよねえ」と言うのです。

いんさつ！

これが噂に聞くいんさつ。この機械があれば私の大作も、本としてもっときれいな形になり、同じものがたくさん作られ、本屋に並ぶのかもしれない。

最近はほとんど毎日おゆうぎの部屋に行くようになりました。しかし残念ながら、本来の目的で。

あいかわらず幼稚園のふだんの生活は地獄のようです。しかも学期末にクリスマス会というものがあるらしく、年長のもも組と年中のうめ組は合同で劇の練習をしなければならない。午後の時間はほぼいつもそれ。広いおゆうぎの部屋には何か所かストーブが置かれ、がんばって真っ赤に光ってがらんとした空間を熱しています。私がひとりで楽しんでいるときのおゆうぎの部屋とはまるで性格が違う。

私は端役のうさぎさんをあてがわれましたが、出番もセリフも少ないので、ほとんどの時間はおとなしく座って、前で行われている練習を見ています。お尻にぺたりと張りつくような床からじんじんと冷たさが伝わってくる。

たくさんの絵を注文されたあの日以来、あのグループだけは少しすわりがいい気がして、私はお昼休みにえんどうしずこのグループが集まる大きな机の隅に居座って絵を描くことが多くなりました。ここも一つの避難場所。ひとりで絵を描いていたら周りが気になってしかたないけれど、ここにいればこの子たちと遊んでいるように見えるので助かります。

しかし、彼女たちも毎度毎度あつまっているわけではないし、帰りの時間はやはり危険。人目を盗み、誰もいなくなってキンと冷えたおゆうぎの部屋に行くのはあいかわらずの楽しみでした。

晴れているけど空気は氷のように張っている年末のある日、先生とタッチをしてからいつもの要領でこっそりとテラス側からおゆうぎの部屋に近づくと、運よく今日も鍵は開いている。忍びこむと、窓から入る光が床にきれいな菱形模様を作っています。その模様のそばのひんやりした床にゆっくりと寝そべって完全にあおむけになり、私はまた何にもさえぎられない幸せな時間を過ごします。にぶい日光は窓ガラスをとおしてゼリーのように部屋に満ち、四角く完成して私を包んでくれる。そうなればもう外のやかましさも私の中に入ってこない。私は時計の秒針をいつもどおりゆっくりと追うだけ。

しかし、突然、あってはならないことが起こった。できあがっていたはずのゼリーがなんの遠慮もなくぶち壊される。

さっき私が入ってきたテラス側から、ガラガラと乱暴に戸を開ける音がしたのだ。私はおびえて跳ね起き、警戒の態勢を取りました。

意外にも、入ってきたのは女の子ひとりきり。

えんどうしずこでした。

「ここ入っちゃダメなんだよ！　先生が言ってたよ」

いつもどおりの大きな声で、せっかくの空間が台無しです。えんどうしずこの言葉は私を責めているようだけど、顔は笑っている。私は無言で、「だから今までここに人が来なかったんだな」と妙に冷静に納得していました。決まりを破ったから先生に怒られるかも、というとても現実的でつまらない考えも一瞬よぎりましたが、いろいろ考えを巡らす私の頭にぶちあてるように、えんどうしずこは次の言葉を投げこんでくる。

「こんなとこで何してるの？」

相変わらず満面の笑みで、からだ全体を響かせるように声を出してきます。自分でも自分が何をしているかまったく説明できない。そういえば、えんどうしずこはなんでここに私がいるって気づいたんだろう。

「えんどうさんも、なんでここに来たの？」

「あのねー、窓から見たらねー、もりくんがいたんだよ。だからねー、何してるのかなって思ってねー、入っちゃダメなんだけど入っちゃった！」

えんどうしずこはそう言ってる途中でもう私から視線を外し、踊るように部屋の端に向かっていき、立てかけてある巨大なマットにボスン！　と体当たり。跳ね返されてよろめき、キャッキャと笑いました。また少し離れては同じように体当たりし、今度はあごを上げてからだじゅうから何か漏らしているかのようにギャギャギャギャッとだらしなく笑いました。

「やって！　やって！　もりくんもやって！」

笑いすぎて腰が砕けたようによろめきながら、なぜかえんどうしずこは私に乞うてくる。あまりに楽しそうに笑うえんどうしずこのせいで私もちょっと楽しくなってしまい、少し助走をつけてマットに体当たり。ボスン、と跳ね返ると、なぜかからだの力がぬけて笑えてきます。やって、もっと、もっと！　と言われて私は何度もマットにぶつかり、足腰も口元もどんどんだらしなくなっていく。もう言われなくてもぶつかりにいってしまう。私はヒャヒャヒャヒャ！　とおかしな笑い声をあげ、取りつかれたように何度もぶつかっていると、マットの向こうから不意に「キャッ」という声。

気づくとえんどうしずこの姿がない。マットの左側にまわって、縦に二枚立てかけてあるマットが山形になっているその間をのぞくと、暗闇の奥に人がしゃがんでいます。私が夢中で体当たりしているあいだにえんどうしずこは右側からサッとマットのすきまにもぐりこんでいて、私の体当たりで押しつぶされ、思わず声を上げてしまったらしい。

「うふー、うふー、ふーふーふ！」

えんどうしずこの企むような笑い声はマットに吸われてくぐもりながらもだんだん奇声のように高くなって私に届きます。私も狭いすきまに入りこみました。右側から入りこんだえんどうしずこと、左側から入りこんだ私は、しゃがんだまま短い歩幅でじりじりと近づいていきます。

さっきまで見ていた時計がなぜか頭の中にふっと浮かんで、継ぎ目なく動く秒針と私たちの歩みは重なり、真っ暗なマットのあいだの両端から、私たちは永遠に近づき合っていくような気がする。いちばん近づいて距離がゼロになってしまったらどうしたらいいんだろう、それはとてもいけないことのような。広い空間をただひとりで味わっていたはずの私が、秒針が何回りかしただけで、こんな狭いところで人と向かい合ってお互い笑いながら近づいている。今まで味わったことのない逆流するような感情がなぜか押し寄せる。

ずっと笑ったり叫んだり、高い声を上げていたえんどうしずこが静かになっていきます。秒針がとぎれず回り、もう二人は真っ暗なマットのすきまの真ん中へんで向かい合って距離がなくなっています。私は頭がたくさん回転して何か考えようとしているのに、それが声になったり動きになったりせず、これはおかしな状態だということを静かに認識しています。

さっきと違う、ささやく声でえんどうしずこが言いました。

「おもしろいね、ここ」

私の前、ものすごく近くにえんどうしずこがいるけれど、暗くて顔はよくわからない。右の肩も左の肩もマットの重みを感じていて、ささやく声がからだに響きます。

私も少し口角を上げた表情で返事をしたつもりでしたが、これも見えるわけがないので、「ふふ」と少し声を出して笑ってみました。

15

つまらないクリスマス会が終わりました。

会の中の出し物で、うさぎさん役として穿《は》かなきゃいけない真っ白なタイツは脚にぴったりと吸いつくようで気味が悪く、紙で作ったうさぎの耳も子供じみていて恥ずかしい。楽屋として用意された空き教室で、母と、クラスのほかの子の「おばさん」たちに手伝われて衣装に着替えると、口々にかわいいかわいいかわいいと言われ、小馬鹿にされているようでたいへん気分が悪くなります（ほかの子供のお母さんのことを幼稚園児たちは「おばさん」と呼ぶのだと、私はやっと知りました）。

「おばさん」たちは会の観覧に来ているはずなのだけど、実際のところ朝から子供といっしょに登園して、そのままみんな園内にいて、わいわい騒ぎながら先生たちが設営するのを手伝っているのでした。何がおもしろいのか、ときどきバカ笑いしながら、大きなからだをひしめき合わせてドスドスと廊下と教室を行き来する。こちらには何の被害もありませんが、人が多いだけで不愉快です。

全身を着替えて準備するにもかかわらず、私が劇中で登場するのは最後のあいさつをのぞけばたった一度。セリフもみんなと声を合わせて言う「そうだそうだ」「えーっ」の二つだけ。そこだけ覚えていれば十分だから、私はこれがどんなお話なのか、誰が主人公なのか、結局何も知りませんでした。興味がないのだから知る必要もない。自分の出番以外はずっと空き教室か廊下で待っていなければいけませんでした。絵も描けないし、退屈です。

劇がひととおり終わると大人たちの大騒ぎのなかでまた着替えさせられて、ひんやりしたおゆうぎの部屋に四角い形に並んで座ります。さっきまでドタバタ動いていた「おばさん」たちが部屋の後ろでつくったような笑顔を浮かべて並んでいます。その中にいる母はひとまわり小さく、一人だけ心配そうな顔をしているように見えました。そんな景色を見ると私もここにいることが申しわけなくなります。

ぼんやりと前を向いて、劇がどうだっただの、クリスマスという行事の説明だの、しばらく園長先生のお話を聞いていると、先生の左手にある戸が不意に開いて、知らない先生なのかどこかのおじさんなのか、赤い帽子をかぶり、ニセモノのひげ、ニセモノの眉をつけた人が急に部屋に入ってきました。ニセサンタです。

幼稚園児とはいえ、クリスマスよりだいぶ前の日の真っ昼間に突入してきたこれを本物のサンタさんだと思う人なんかいません。私はもちろん、ほかの子供たちもさすがに信じていないはずだし、たぶんニセサンタ本人だってそのことをわかっている。それでもニセサンタは「みんながいい子にしているので、ししど幼稚園にもサンタさんがやってきましたよー」と太い声で言いながら、サンタのふりをしてお菓子を配り歩きはじめました。なんでこんなことをやるんでしょうか、茶番にもほどがあります。お菓子をもらえるのはうれしいから別にいいんですけど。ニセサンタのつけひげは耳のあたりのテープがはがれかけていて、そこにひっついたほこりや毛がキラキラと反射し、とても汚らしい。

本当のサンタさんは、コピー機をくれるはずです。

この数日前、私は母に「サンタさんに何お願いする?」と聞かれたので、迷わず「コピー機がほしい」と教えたのです。

職員室にあるコピー機。あれがあれば、私が今まで描きあげた大量の漫画を「いんさつ」されたコミックスにして、同じものをたくさん本屋さんに並べることができます。ふきだしの中の文字も、形の揃ったきれいなものになるはず。

私が発した言葉に母はかなり驚いた様子で、「コピー機！」と繰り返し、苦笑いをし、なんでなの？　コピー機がどういうものか知ってるの？　どこで見たの？　といくつも質問してきました。しかし、私の大きな夢と野望を語るのはやはりどこか恥ずかしく、理由はごまかしてしまいました。少なくともサンタさんには伝わったはずです。

もういよいよ冬休みになる数日前。後ろの席の問題も、休み時間の災難も、一つ確実なよりどころがあればどうにかなるもので、敵も私が団体でいるときには相手にしようとしてきません。私はその頃、すっかりえんどうしずこに頼りきりになっていました。

給食からお昼休みにかけての時間、私は悔しいけどごはんを食べるのがものすごく遅いので、チャイムが鳴る時間までに食べ終わらず、席を立つことができない。えんどうしずこのほうは私がいようがいまいがかまわず、早く食べ終わってどこかに行ってしまうこともあるので、私はチャイムが鳴る瞬間まで必死で給食に向き合い、解放された瞬間にすぐ目でえんどうしずこの姿を探してしまいます。できれば教室内で、多めの人数でまとまっていてほしい。

しかし、その日えんどうしずこは無情にも早めに給食を食べ終わり、友達三人くらいで連れ立って廊下のほうへ出て行ってしまいました。

チャイムが鳴ったと同時に、今日はどうやって嵐から逃れたものか、おゆうぎの部屋は開いているだろうかと心臓を縮ませながら考えを巡らしていると、隣のうめ組のほうから大声が聞こえる。

やじうま根性の子供たちが色めき立って廊下に出て行きます。どうも隣の組の子供がとんでもない大泣きをしているらしい。ちょっと気になるし、この状況で黙って座っているのも落ちつかないので、私も立ち上がっておそるおそる廊下をのぞいてみる。

あっこちゃんが大声で泣いています。

いつもまるきり無表情で声もほとんど発せず、何を考えているかまったくわからないあのピアノ教室のあっこちゃんが、すさまじい金切り声を出して、顔を真っ赤にして泣いています。

あっこちゃんはうめ組のドアから出てすぐの廊下のところにペタリと座り込み、駆けつけたうめ組の先生はなぐさめようとしながら困り果てた顔をしていますが、あっこちゃんは何も話さずただ大声で泣き叫び、やみそうにない。

　その周りを女の子が何人か取り囲んでいますが、なぜかその中にえんどうしずこの姿がある。

　えんどうしずこはリーダーシップを取るかのように、大きな声で「あっこちゃんどうしたの？　お話しして。どうしたの？」と、しつこく呼びかけています。

　感情をなくすことで幼稚園の嵐をスルリとやりすごしているように見えていたあっこちゃんが、わからない理由で爆発するかのように泣いている。私だけのおゆうぎの部屋にぶしつけに入りこんできて、結果として真っ暗闇で楽しく秘密を共有し合うことになったえんどうしずこが、あっこちゃんとはどうやら以前から知り合いだったようで、しかも私に対しての態度以上にぶしつけに踏み込んでいる。二つの新しい事件に、私はすっかりこの場所の正体がわからなくなりました。

　騒動から目をそむけて席に座りました。私はおうちのなかでは家族のことは何もかもわかっているし、『ペンちゃん』の世界なんて三百ページ以上もあって登場人物もたくさん増やしたのに、すべてが掌握できている。でも、幼稚園にはとらえきれないことが多すぎる。下劣な存在であるたかぎたかまさややまおかひさとも、シェルターとなるえんどうしずこたちも、謎めいたあっこちゃんも、私は完全に把握できていて、ここでのふるまい方はもうマスターしたと思っていたのだけど、日常はどうやらそれだけに収まらないらしい。私は図鑑で見た宇宙の図を思い浮かべました。寝る前にまぶたの裏に見える渦巻くたくさんのひらがなも思い出しました。席にはまだ下げられていない給食のお椀があり、底には汁が少し残っていて、その表面を見ると大小無数の油の円が漂っていました。どこまでも細かい。

次のピアノ教室の日、あっこちゃんはまるでふだんと変わらず固まった表情をしていて、あの日になんであっこちゃんがあんなに泣いていたのかはわからずじまいでした。

クリスマスの朝は冬休みのはじまり。いつもの二段ベッドの下段で、目が覚めたことに気づいた瞬間、私はガバッと飛び起きましたが、幼稚園の職員室にあったあの白い巨体のコピー機は枕元にありませんでした。小さな赤い長靴がありましたが、これは去年もらったのと同じ、お菓子がたくさん入ったもの。これも大好きですが、このプレゼントはあくまでもおまけです。

お菓子の長靴を提げ、コピー機は大きいから下に置いてあるのだろうと思って裸足で冷たい階段を駆け下りて、居間のガラス戸を勢いよく開けると、石油ヒーターで暖められた部屋にあの大きな物体は認められない。祖母と母は台所に立ち、父はソファーで新聞を読んでいて、いつもの様子で何事もないかのように「おはよう」と言ってくる。テレビのそばにプレゼント包装のされた大きめの四角い箱はあるけれど、コピー機の大きさと比べればあまりにも小さい。

「プレゼントは？」

「おはようは言いなさい」

父が目を新聞に向けたまま言う。

「おはよう……」

「おはよう」

「プレゼントは？」

「サンタさんが来てここに置いていったよ」

母がテレビのほうを指さす。やはりあの包みがコピー機なのか。

もしかしたらこんな小さなコピー機もあるのかもしれない、と思って真っ赤な包装紙をその場で破ってみる。セロハンテープのところはきれいにはがせないので、むりやり指をかけて、結局ビリビリになってしまいます。

大きな段ボール箱が出てきて、「プリントゴッコ」と書いてあります。

「なあにそれ、サンタさん、何くれたの？」

「わかんない」

「プリントって書いてあるでしょ。印刷できる機械なんじゃない？」

母が根拠もなくそんなことを言うので、父に手伝ってもらいながら段ボール箱を開けると、黄色くて細長い、見たこともない機械やこまごまとした道具が出てきました。なんだかわからないが、これはたぶん、いや、絶対、幼稚園にあったものとは違う。おそらくコピー機ではない。きっと「いんさつ」はできない。

サンタさんは果たして私の願いをなんだと思っていたんだろうか。肩すかしを食らって私はすっかりふてくされていましたが、ところがそんなサンタさんへの不信感も、昼には長靴の中のクッキーとさっそく動かしてみたプリントゴッコでだいぶ霧消してしまいました。コピー機とはまったく違いますが、これはこれでかなりおもしろい道具です。

父が説明書に目をこらしながら謎めいた電球を山形の部品に取りつけ、指示どおりにセットして機械のレバーを押しつけると、突起の部品が一瞬、目に焼きつくくらい激しく発光します。その後、絵の具みたいなものをブリブリとシートの上に絞り出したり、ハガキ大の紙を何枚も押しつけたりする一連の複雑な操作を経ると、カラフルな絵ハガキ状のものがいくつもできました。

「これは年賀状を作るのにいいんだ。なつきの描いた絵もこんなふうにできるんだぞ」

しくみはさっぱりわからないし、コピー機とは全然違いますが、同じ絵がたくさんできることだけは確かです。しかもカラフル。漫画はさておき、ハガキを使えば同じ絵がたくさん「いんさつ」できるみたい。あの、毎年お正月に両親が送ったりもらったりしている「年賀状」というものを、私もたくさん出せるということです。これは楽しそう。

この日からはしばらく幼稚園にも行かなくていいわけで、通園バスに乗りながら朝の枯れた景色を眺めるときの憂鬱さから解放されるのは非常に喜ばしいはずなのですが、私は年賀状を自分の絵でたくさん出せると知ってまず頭に浮かんできたのは幼稚園のえんどうしずこの顔でした。それはあまりにも自然なことでしたが、こうしてえんどうしずこにだけ年賀状を出したら、まんまと母の知らない友達をつくって幼稚園で子供らしく楽しくやっているように思われてしまう気がして癪にさわります。だから、どうせたくさん出せるならと、念のために母が推薦する友達であるさっちゃんにも送ってあげることにしました。あと、花川先生にも。

16

父が自分の年賀状を作成して「プリントゴッコ」の使い方をおおむね理解したようなので、私も「いんさつ」をしてもらうために自分の年賀状の絵柄を描きました。「あけましておめでとうございます」を白ぬき文字で大きく書いて、下にはあのペンちゃんの絵をあしらい、横には干支の牛の絵も描いて。

この絵をもとに複雑な一定の工程を経て、機械の台に当たる部分にハガキを置いてからふたを閉じて押しこめば、カラフルな「いんさつ」が完成してしまいます。ハガキを替えては押しこみ、替えては押しこみ。同じものがたくさん。これぞ「いんさつ」です。

こんな楽しい作業がたった数枚で終わるのはもったいなく思えてきて、私は父が大量に用意していた年賀ハガキをいくつかもらい、手伝ってもらいながら二十枚くらい「いんさつ」してしまいました。インクを乾かすために、カラフルな私の文字や絵が畳の部屋一面に広げられました。

「どうするの、こんなに印刷しちゃって」

母が苦笑いしながら言います。母から自然と出た「いんさつ」の言葉がうれしい。

「出す」

「誰に？」

確かに、最初に思いついたえんどうしずこ、さっちゃん、花川先生以外に送る相手がなかなか思いつきません。

「……たかいだ先生」

「お母さん、たかいだ先生の住所わかんないよ」

私がもう誰も思いつかなくて黙っていると、母は「幼稚園のクラスの名簿があるわ」と言って、紙っぺら一枚を持ってきました。教室の壁で見慣れた名前の列の横に、漢字で住所や電話番号が書いてあります。

私はその中から、ねもとむつみやかんばやしきょうこなど、何度かいっしょに絵を描いた子供たちを選んであて名を書きました。まだ書き慣れない漢字も教えてもらいながらできるだけ書きました。それでも結局年賀状は余ってしまったので、ほとんど会わないいとこや親戚のおばさんにも書いて、どうにか二十枚を埋めました。

たくさん住所の文字が並んだあて名欄と、カラフルでかわいい文字や絵が「いんさつ」された裏面。それを交互に見ながら、私は完璧な作品だと満足感に浸り、何度も裏返しては匂いをかいでみました。

しかし、元日。父がポストから持ってきた箱のような厚みの年賀状の束はほとんど父あてで、私あてのものはまったく見当たらない。数枚に一枚は母あて、さらにもう少し低い頻度で祖母や姉にあてたものが挟まっている。

「わっ、せいちゃんから来た！」

「あら、出してないいんじゃないの？　返してあげなきゃ」

「あー、まこちゃんからも来てる！」

自分あてのを発見するたびに歓声をあげる姉を恨めしく見やりながら、父が年賀状を宛名別にしてじゅうたんの上にトランプのように広げていくのを見ていると、ふいに父の手が止まりました。

「お、なつきに来てるぞ」

父の差し出すハガキを見ると、私のひらがなのフルネームが流れるような美しい線で書いてあり、差出人のところには「花川じゅん子」の字が。

あけましておめでとう
ございます　ことしもようち
えんで　げんきにあそび
ましょうね

花川先生の年賀状はかわいい牛の絵がサインペンと色鉛筆で描いてあって、大きくきれいな鉛筆の字がその上に並んでいました。

なんでこんなに色鉛筆をきれいに塗れるんだろうか。私はどうしても濃淡ができてしまう。花川先生みたいに、すきまなく筋を描くように色を塗ることはできない。私の完璧な年賀状も、花川先生の年賀状の美しさにはかないません。

結局、私に来たのは花川先生の一通だけでした。

「まだみんな、なつくんみたいに年賀状書かないからね。お友達は届いてからお返事書くんだから、これから来るでしょ」

さしたる問題でもないという様子で私に告げる母。「お友達」という言葉がやや耳に引っかかります。そもそも私は年賀状を送ってみたくて送っただけで、その相手が友達というわけではない。

数日後にパラパラと私あてに年賀状のお返事が届きはじめましたが、そのほぼすべてがお父さんやお母さんが使ったと思われるつまらない絵柄のハガキに、鉛筆で「あけましておめでとう」と判読できるかどうかギリギリの字で書いてある程度のものでした。やはり私の年賀状のほうがとてもいい。

えんどうしずこからの年賀状は来ませんでした。


短い冬休みが明けて、幼稚園が始まってしまいました。

あいもかわらず朝と帰りは歌を歌いながらどしんどしんと後ろから押されるのを棒のように耐え、外に出てなわとびをさせられたり走らされたりと苦痛ばかりの時間がつづく。お昼休みや帰りの時間には隙を見つけて何度もこっそりとおゆうぎの部屋に入ろうと試みましたが、年が明けてからは鍵が開いている日がまるでなくなってしまいました。しかたがないのでお昼休みはなるべくえんどうしずこたちの近くに行って遊びやお絵かきに誘ってもらえるようにし、帰りは例の物置の裏で過ごすしかない。

一月下旬のその日も、先生との帰りのタッチのあと、バッグと帽子を園庭ぎわの所定の場所に置いて、私はなかばダメ元でテラスをペタペタと歩いておゆうぎの部屋へと向かいました。緑色のテラスは靴下をはいた足さえ張り付くかのように冷え、途中からつま先立ちで奥の戸を目指します。

アルミの戸に指をかけると、意外にも今日はスッと開きました。今年、初おゆうぎの部屋だ。元日は家で、初詣だ初夢だという話から今年の初ナントカだという話が盛り上がり、着替えては初着替えだ、ジャンプしてみては初ジャンプだ、果ては初うんこだ初おならだと笑っていたのでした。めでたい、今日は初おゆうぎの部屋。

人目を気にしながらすばやく薄暗い部屋にしのびこみ、スッと息を吸うと、外と変わらぬピンと張った冷たい空気が鼻の内壁にぴったりくっつくよう。やや浮かれた気持ちで、このあいだえんどうしずこがここに入りこんできたときのマット遊びを一人でやってみようかと、向こうの壁に立てかけてある巨大マット側に走り出そうと構えたとき、後ろからガラガラと戸の開く遠慮のない音がしました。面食らって振り向くと、笑顔のえんどうしずこです。

「またいるのね！」

えんどうしずこは笑いてくるような声でそういうと、スキップをしながら私を追い越して、マットにまたボスンと一人で体当たり、そしてキャッキャと笑う。その様子を私は少々困惑しながら見ていましたが、ハッと気持ちを立て直し、以前のようにマットの脇に回り込み、折りたたまれたすきまに入りこんでみました。すると、マットの向こうに見えていた三角形の光が埋まって、反対側からもえんどうしずこが入りこんできます。

前と同じように真っ暗闇のマットのすきまを、両肩と頭にのしかかるマットの重みを押しわけるように少しずつ進んで、お互い近づいて。えんどうしずこと、またとっても近い距離に来ました。

「ふふ」

真っ暗な中でえんどうしずこが小さく笑う。私も声に出さずに笑いながら、また次の何かに移ろうとしてもぞもぞと後退しはじめると、えんどうしずこは「ねえっ」と何か伝えようとするのです。

「もりくんはー、好きな人いる？」

好きな人。

世間では、男は女のなかに「好きな人」が一人いるといわれていて、女は逆に男のなかに「好きな人」が一人いるといわれていて、それは知ってます。えんどうしずこがそういう意味合いで今の質問をしてきたことも、私は一瞬でわかります。勘はいいからね。しかし、果たして私の「好きな人」に当たるのはどれなのか。考えたこともありませんでした。

私は黙ってクラスの女の子の顔をたくさん思い浮かべながら迷い、「うーん」と声に出してみる。すると、えんどうしずこは「私はねー、しんちゃんが好きなんだ！」と小声で自分に言い聞かせるかのように言います。

「ふーん……」

しんちゃんというのは、はまもとしんいちろうのことです。背が高くて少しぼーっとしている、走るのが速い子。私はほとんど話したことがありません。

そんなことを言われて私はどうしたらいいんだろう。

「ひみつだよ」

「うん」

勝手に「好きな人」を教えられて勝手にひみつだと決められて、さっきまでのマット探険遊びの楽しさは急に冷めてしまったような。でも、何かこれはこれで新しい遊びのような、あまり経験したことのないワクワク感もある。家族じゃない人と柔らかいものにぶつかったり、暗いところにもぐりこんだり、そういう楽しさのほかに、こうして何か二人だけのことを話しているだけで心が浮き立つような、こんなこともあるのです。

こうして「ひみつ」を言われたからには、「好きな人」をお互いに言い合っておいたほうが楽しいのかな。でも、私は「好きな人」なんて決めていない。どうしようかな。

次の言葉が継げずにちょっと困っていると、ガラガラッ、バシンとまた引き戸が開く音がしました。驚いて息が詰まる。

この音は、テラス側のアルミの戸ではなく、廊下側にあるやや重い木の戸の音です。あの戸を勢いよく開けられるのは大人だけで、確実に先生がこの部屋に入ってきたことがわかる。マットのすきまの真っ暗闇の中からでは誰が入ってきたのか見えない。

幼稚園では、以前のおもらしのように、過失という形で怒られそうな行為をしてしまったことはあるけれど、ただでさえ敵だらけの場所で私はこれまで先生だけは敵にしないよう、ルールを破らぬようにやってきました。しかしこの時間に勝手におゆうぎの部屋に侵入しているというのは、どうにも言い訳のしようがない許されざる悪行です。このすきまから出るわけにはいかない、でも、いることがバレてしまうかもしれない。クラスの男に後ろから押されたり、変なあだ名で呼ばれることとは比較にならないほどの恐怖で、からだがこわばって身じろぎもできない。

ところが、えんどうしずこは何のためらいもなくマットの中心から後退していきます。怒られる、とんでもなく怒られる……私がまったく動けずにいるうちに、えんどうしずこはまずマットのすきまから尻をつきだし、そのままおゆうぎの部屋の空間へと出ていってしまいました。

「わっびっくりした！　ちょっと、こんなところで何やってるの？」

私の前方の視界、明るい狭い三角形から様子はほとんど見えません。しかし、この声は花川先生です。責めるような言葉だけど、口調は別に怒っていない。

「あのねーあのねーマットの中がねー、楽しいんだよ」

えんどうしずこは、まるでやましさのない調子で花川先生に話しかけています。私はてっきり命も取られんばかりに怒られると思っていたので、予想もしない展開に鼓動が高鳴る。

「どうやってここに入ったの？」

「あのねーもりくんがいたからねー、入ったの。入れてくれたの」

私の名前をためらいなく出すえんどうしずこ。息が止まる。

「もりくんが？　もりくんもどこかにいるの？」

「そこにいるよ！」

私は観念し、震えながら横歩きでもぞもぞとマットのすきまから抜け出しました。のっそりと出てきた私を、花川先生がいつもの鋭い目で見ている。怒声、あるいは暴力、恐ろしい叱責を予期してうつむき縮こまっていると、花川先生は「ああ、あそこの鍵が開いてたのね」とテラス側の戸を一瞥《いちべつ》し、また私を見ます。相変わらず目は鋭いけど、さほど怒っているようにも見えません。どうとらえたらいいかわからない。

すると花川先生はすぐ相好《そうごう》を崩し、眉毛だけはちょっと困ったように曲げながら、私に意外な言葉をかけました。

「よかった、もりくん、こっそりこんなところにいたのねえ」

そう言ってテラスのほうへ進み、えんどうしずこが入ってきたときに閉じきらなかった戸をサッと閉め、鍵をかけながら、

「物置の裏にたまにいるのは知ってたんだけど、こっちの部屋に入ってたとは知らなかったわ。帰りの時間によくいなくなっちゃうでしょう、いつもバスの時間には戻るから大丈夫だとは思ってたけど、何してるのかちょっと心配だったのよお。ここの鍵みんな閉め忘れるからね、でもよく気づいたねえ」

からだがつぶれるばかりに怒られると思っていたら、どういうわけか花川先生は私をほめるかのような言葉をつぶやいています。物置の裏に行っていることもバレていました。いろんなことが予想外で、整理できない。

私とえんどうしずこのほうへ戻りながら花川先生は続けます。

「この部屋は危ないからほんとうは子供だけはダメなのよお。でも、もりくんは隠れるプロねえ、ふふ。ほら、もうバス出るよ」

花川先生はくるりと後ろを向いて廊下へ向かいます。えんどうしずこは「かくれるぷろってなぁに?」と聞きながら軽い足取りで花川先生についていく。私もあわててそれを追い、小走りで廊下へと出ました。

テラスやおゆうぎの部屋よりも廊下はいくぶん暖かくて、凍りついたように冷たい足の裏が少し融けるような気がしました。

17

ついに大好きな三月。誕生日がある三月。年が一個増えて、みんなが私を祝ってくれて、ケーキが出てきて、プレゼントももらえる月です。しかも今年はさらにうれしいことに、卒園式さえ終われば、もう二度とこのまがまがしい、不潔な、危ない幼稚園に来なくてすむ。

私が忍びこんでいたことがわかってしまって以来、やはりおゆうぎの部屋のいつもの入口にはしっかり鍵がかかるようになってしまいました。卒園式の直前にはこの部屋はすっかりそのための練習の場となり、主に年中と年少のクラスが毎日のようにお歌の練習などで使っているようでした。卒園生である私たちは、入場や整列の予行を何度かしたくらい。

私が進むことになる小学校はししど幼稚園がある場所とはだいぶ離れていて、幸いししど幼稚園の子供で私と同じ小学校に通う人はあまりいないことがわかりました。少なくとも、たかぎたかまさややまおかひさとをはじめ、私が身の危険を感じるような人物は違う小学校に行くらしい。絵を描いたり、おゆうぎの部屋でひみつを共有することで最近だいぶ話せるようになったえんどうしずこも違う小学校のようですが、それも別にどうでもよいことです。

小学校ではたくさん「勉強」があって、なわとびが跳べることやかけっこが速いことよりも、文字が書けたり絵が描けたりすることのほうがどうやら評価されるみたいです。そのことも楽しみで、それを考えればあと十数回幼稚園に通うことすら、胃のあたりから喜びが湧き立ってくるよう。とにかくここでの私はすべて、幼稚園の敷地があるほこりっぽい道路の向こうにぬぎすてるのだ。そして私は新しくなり、みずみずしいこちら側で生きる。

３４６ページの『ペンちゃん』を描き終えたあと、母はまた同じような分厚い冊子を用意してくれたので、私はすぐさま次巻の制作に取りかかっていました。今度は表紙も派手にしたいと思い、パッと思いついたのは、幼稚園から持って帰っていた、「せいさく」で使っていた折り紙の余りを利用することでした。

四角い紙の真ん中にきれいに穴を開ける方法を私は知っています。紙の端から切り進んでいくと汚い切れ目が残っちゃうけど、二つに折って、山折りした部分にはさみを入れればほら、紙の真ん中だけがきれいに対称の形をした穴になるでしょ。「せいさく」の時間に習ったんです。

私は表紙を折り、真ん中をくりぬくように星形の穴を開けました。そして、大事に取っておいた金紙を、ぬいた穴にあてがうように裏側から貼りつけて、星の形がキラキラ光るようにしました。

せっかく前巻の最後に「なかまずかん」を作ったので、この巻ではさっそく最初の話に友達のペンすけくんやペコミちゃんを登場させることにします。ずかんにはまだまだなかまが控えているので、この本のページはさらに早く埋まっていきそうです。

ところで、たかいだ先生は最近ちょっとつかみどころがない。ピアノ教室の部屋に入ったとき、最初のころは必ず笑顔で「こんにちは！」といって迎えてくれたのに、年が明けてからはむすっとした顔をしていることが増えました。「こんにちは」の声も以前より二回りくらいボリュームが小さい。

私は毎回たかいだ先生が驚くようなスピードで上達し、『ひきましょう』の薄いテキストは半年あまりでもう最後のページまで来ていました。最後のページはさすがに今までのレッスンよりは少し難しかったけど、家で何度も弾いているうちに小指もうまく動くようになったし、このページに丸がついたら、ついに次のテキストに進むのです。姉も使っていた、ピンクのバイエル。

しかし、今日の私は大きなミスをしました。お家を出るときに少しおしっこがしたいことに気づいていたのに、めんどくさがってトイレに行かずにピアノ教室に来てしまいました。

「えーと、今日は最後のページねー。じゃ、やってみようか」

心なしかつっけんどんな調子でたかいだ先生が言います。何の話もなく、いきなりレッスン。ついこのあいだまではもっと明るく雑談してから始まっていたのに、ここ数回はそういうことも少なくなった気がする。

さて、最後のページの楽譜を目で追おうとしても、なかなか頭に入ってきません。視覚がとらえた音符を指先に伝えようとする回路をたどっていくと、途中でおしっこに行きたい気持ちが毎度挟まってくる。からだのなかの欲求が指の動きを阻害します。私はそれを見事な演技で隠していつもどおりにレッスンを受けていたはずだったのに、股間に力を込めたり呼吸が乱れたりしていたせいか、たかいだ先生にすぐ気づかれてしまいました。

「なに、トイレ行きたいの？」

単刀直入にたかいだ先生が聞いてきました。おしっことかうんちとか言わず、「トイレ」と聞いてくるところに幼稚園の先生たちと違う大人らしさを感じます。

でも、この建物のトイレはかつてそろばん教室だった別の空き部屋の奥にあることを私は知っています。そっちのほうは薄暗いし古めかしいし、気味が悪いので一度も行ったことがありません。それに、ここのところ妙にぶっきらぼうなたかいだ先生をさらに不機嫌にするようなことは避けたい。どうにかトイレに行かずにやり過ごしたい。

私は顔をしかめながら無言で首を振り、うろたえながらも無理にレッスンに戻ろうとしました。ところが、私が慎重に何鍵か弾いたところで、たかいだ先生は明らかにイラついた様子でフンと息を強く吐き、今までになく冷たい調子で早口の言葉を投げつけてきました。

「あのね集中できないくらいトイレ行きたいんだったら早く行ってきてね」

子供の私に対して子供じみた態度で接しないでいてくれたたかいだ先生は、こんなときもやはり子供用の対応ではなく、容赦ない言葉をかけてくるのだ。私は首筋から肩にかけて血の流れをせきとめられたように感じ、一瞬動けなくなって思わずたかいだ先生の巨大な顔を見ました。

ぱっと目に入ったたかいだ先生の大げさな眉と鼻は、不機嫌さをまるで取り繕わない表情をしている。私はあわてて椅子から立ち上がり、内股でそそくさと廊下に出て、息を止めて潜るように不気味なそろばん部屋に入りました。

使われていない部屋はぬるりとした冷気とカビ臭さに満ち、そのせいか急に尿意が現実味を帯びて全身にあふれてきました。私は迷う暇もなく奥にある木目の扉に向かう。それを開けると、個室に待っていたのは「ワシキ」。

しかもこのワシキは、幼稚園で見たことがあるものと違い、便器の中に地球の裏側まで続くような果てしない闇が広がっています。幼稚園のトイレに対して感じる、汚い、きもちわるいという不快さとは単位が違う、命を吸いこまれるような本能的な恐ろしさを感じます。その真っ暗闇の中をなるべく見つめないようにしながら、私はおしっこを投げつけるように排出しました。

はるか地下深くの暗闇のどこかに、水がたたきつけられている音がする。目の前に貼ってあるカレンダーは五年も前のもの。

家以外で、ひとりでトイレに来たのはかなり久しぶりのことです。機嫌がいいときも悪いときもなんの仮面もかぶらずにそのままの態度で接してくるたかいだ先生が急にはるか遠くなり、まるで色のない存在に思えてきました。子供扱いしないということは、こういうことでもあるのだ。

ひとりで不気味なトイレにいると、眼光はもともと鋭いけれどどんなときもほとんど表情が変わらず、口調も穏やかな花川先生の顔が浮かんできました。私は五歳で、どうしようもなく弱くて、幼稚園では大嫌いなトイレについてきてもらわないといけないのだった。そんな情けないこと、いちいち思い出したくないのに。


卒園式の日。母はいつもしない化粧をいっしょけんめいにしていて、その不自然な顔が私は少しいやです。肌が奇妙に白くて、ちょっと服が触れると何かくっつくし、唇もベタッとした赤さ。この日はバスではなく、そんな母がこぐ自転車の後ろに乗って幼稚園に行くことになりました。

家を出て、私はいつもみたいにストアーおおばの方向の信号をパッと見てみます。

記念すべき卒園式の日も、残念ながら赤。しかし母の自転車はそんなことを気にもかけず、ぐんぐん進んでその信号のある交差点を渡る。細い道に入り、坂をくだってまたのぼり、ここはずいぶん前に転園してきた日に通った道。どんどん周りがほこりっぽくなっていって、景色が灰色になって。そんな景色の中でも母はめざとく花などを見つけ、あら、あそこにも咲いてるねえ、春だねえ、などと独り言のように言います。

それでも、幼稚園の手前の太い道の交差点はあいかわらずこの世とあの世とを分ける境界線のようです。母はそこもためらいなく渡り、幼稚園の門の手前に自転車を止める。朝から天敵に会わないように、きょろきょろしながら園庭を突っ切るのも昨日までです。この日は母といっしょだから、もう厄介な子供たちを気にする必要もない。

卒園式はやはりクリスマス会と同じで、茶番のようでした。

私たち卒園生のもも組と年中組・年少組がおゆうぎの部屋で向かい合い、整列したパイプ椅子に座らされます。低学年の子供たちの後ろにおめかししてぎちぎちに並んでいるのは卒園生の親たち。プログラムどおりに園長先生やどこかの偉い人のあいさつが済むと、年中・年少の二つの組がいっせいに卒園生への言葉を絶叫する。でも、声が大きすぎて不揃いで、何を言っているのかよくわかりません。そのあとに始まった「卒園生に贈る歌」だって、時々おあつまりの時間に聞いているものと大差ありません。

　式がひととおり終わると、卒園生起立！　退場！　という号令でもも組のみんなは立ち上がり、列をなして教室に帰ります。そのときちらりと部屋の後方を眺めてみたものの、背の小さな母はどこにいるのか一瞬では確かめられません。周りの「おばさん」たちにはなんとハンカチを目鼻に当てて、グスグスとすすり泣きをしている人もいました。大人が泣くのを見るのは初めてです。不安と不快さでこちらも鼻がつまりそうです。

　私たちが廊下を通って教室に入ると、その後ろからもも組の子供の親たちもぞろぞろとついて入ってきました。子供も親も、花川先生もどこか解放された顔です。親に駆け寄る子供もいて、教室はだいぶ弛緩した雰囲気です。

「はいはい、みんな座ってくださ〜い。お母様方は後ろにお並びください。今から卒園証書といって、幼稚園でよくがんばりましたーという賞状をみなさんにあげますから、座ってね、ほら、ちょっと静かにしなさーい」

　なるほど卒園するとそういうものをくれて、それで私たちはいよいよ解散となるらしい。私が見飽きるほどに見た、壁に掲示された名簿の順に一人一人子供たちが呼ばれ、教室の前方で先生から賞状のようなものを受け取るようです。名簿は男女別で、あいうえおの順だけど、私は転入生なので最後に追加されています。ということは、これを受け取る順も最後です。

私はおとなしく椅子に座って、前方で進む儀式をぼうっと見ていました。教室はすっかりほうけていて、子供たちは席には座っているものの、がやがや会話していたり、後ろにいる親に向かって何か話しかけていたり。儀式をしっかり見ている子はほとんどいません。

喧噪の中、そのうちたかぎたかまさが呼ばれました。花川先生は「賞状」を渡すときに何かこそこそと話しかけ、たかぎたかまさもそれを受けて何やら照れ笑いをして、跳ねるように席に戻ってきます。しばらくして、やまおかひさとも呼ばれ、やはり同じように何か一言二言話し、あいかわらず意地悪そうな顔を少しほころばせながら席に戻っていきます。

教室の後ろで親子何組かでまとまって談笑している子がいたり、自分の子供の荷物をまとめて帰り支度をする親がいたり……もう誰も儀式を気にしなくなったころ、私の番が回ってきました。「もりなつきくん」。名前を呼ばれたときにちらりと後ろの母を見ると、ほんの少し私に向かってほほえんでいます。

教室の前方に歩いて行って、頭上にある花川先生の目を見上げ、次に手元に視線を落とすと、「賞状」を渡そうとする花川先生の左手に何かそれ以外のものがきらりと光っています。

「ごそつえん、おめでとうございます。もりなつきさま」

花川先生はかしこまって言ったあと、少ししゃがみこんで私に目を合わせながら「賞状」をくれました。私がほかの子にならい、義務的に「ありがとうございます」と言おうとしたそのとき、花川先生は左手に持っていた光る何かを両手で持ち直し、私の首のうしろに手を回してきました。

「卒園の後に誕生日があるのはもりくんだけだから、このタイミングになっちゃったの。ごめんね」

私の首に長いリボンがかかって、お腹のあたりにきらきら光るものがぶらさがっている。これはみんなが誕生日にもらえる、折り紙の金紙で作るペンダントです。

こういうときはなおさらありがとうって言わなきゃいけないのだ、と私はもちろんわかっている。ほかの子供なんかより、あいさつとか、言葉とか、知ってる。だから言わなきゃいけないんだけど、不意打ちがすぎて言葉にならない。

「途中で転入してきて、慣れなくてたいへんだったと思うけど、とてもよくがんばりました。小学校ではお勉強がんばってね」

私が何も言わないうちに花川先生は言葉を継いできて、さらに私は三度目となるべき「ありがとう」を重ねなきゃいけないことはわかっていたのだけれど、やらなきゃいけないこと、思わなきゃいけないことが大きすぎて、私が知っている言葉の選択肢のなかからは何も出てこない。ちょっとだけうなずいて、いやな気持ちではないよということを表すためにどうにか口元だけほほえんで、ぎこちなく自分の席に帰りました。もう後ろにいたたかぎたかまさもそこにはおらず、教室の後ろでからだの大きな父親らしき人と話しています。

私が「賞状」をもらい終わると、母が寄ってきて「よかったねえ」と言ってくれました。何がよかったのだろうか、ペンダントがもらえたことだろうか。

最後の儀式は終わってしまいました。もう、花川先生と話す用事はありません。私はトイレに行きたいときになにげなさを装って近づく以外、自ら花川先生に歩み寄ったことがありません。だから、このタイミングでも、そんなことはしません。

花川先生は廊下に通じるドアのあたりでえんどうしずこのおばさんと話しています。えんどうしずこのおばさんは、えんどうしずこくらいおしゃべりです。ほかにも何人もの子供とその親が花川先生のまわりに集まり、話しかけようとしています。母は「もう先生にごあいさつもしたし、行こうか」と言い、私をテラスの方向へと誘《いざな》ってきました。

私はときどき後ろを向いて花川先生を確認するけれど、先生はあいかわらずいろんなおばさんや子供に話しかけられていて、こちらを向くこともありません。靴を履いて母といっしょに園庭に歩み出してからもう一度ふりかえったら、もう室内の暗さにまぎれてどこに花川先生がいるかわかりませんでした。

広い広い園庭をまっすぐにつっきって、朝、自転車を置いたところへ戻ります。周りにはパラパラと帰る子供たちとその親たち、クリスマス会でドスドスうるさかった知らないおばさん、不潔なせいさくファイルを作っていた子、もらしマンと言って押してきた以外なんの接点もない男。もう一度ふりかえると、もう視界に幼稚園の建物全体が入ってしまって、花川先生はそのなかのどこにいるかもわからない。私は二度とあの緑のテラスを踏むこともない。おゆうぎの部屋の鍵が開いていることに喜ぶこともない。あと三回言うべきだった「ありがとう」がまだ頭の中に残っていて、こぼれ出るチャンスをうかがっているけど、もう出口はふさがれた。花川先生と話すこと、いっしょに気味の悪いトイレに行くこと、おゆうぎの部屋で存在に気づかれること、その時間と空間が視界の中でどんどん小さくなっていく。

園の門が近づくにつれて喉元がどんどんカッと熱くなってきて、両手に持った「賞状」にあっという間にボタボタと涙がこぼれ落ち、そんな感覚に自分でびっくりして、またさらに涙が十粒くらいたてつづけに落ちて「賞状」が濡れてしまいました。おもらしとか、押されたりとか、そういうとってもいやなことがあったわけじゃないのに、そんなとき以上に涙が止まらないことなんて初めてで、ゆがんだ視界のせいかこれだけ大きな園庭がとても狭くなったように感じられます。私はお腹のペンダントだけは濡らしたくなくて、「賞状」をくしゃくしゃに握ってペンダントに押し当てていました。

解説

ジェーン・スー

どんな大人の頭の中にも、幼少期の記憶がある程度は存在します。しかし、それを当時のありのままに記すことは非常に難しい。出来事の記憶がおぼろげになっていることに加え、出来事に付帯した感情を生み出す原生的な感覚が、年を重ねて衰退してしまったからです。

逆説的に言えば、大人の表現力をもってすれば、後からどうにでも辻褄を合わせることができるのが子ども時代の記憶です。それをするか、しないかは書き手に委ねられています。幼少期をどう綴るかに、書き手の矜持は表れます。

当時の原生的な感覚を呼び覚ますためには、記憶の海の底に深く深く潜る必要があります。身を挺して海底の貝殻を拾い集めてきたか、海面に浮かぶ船の上から海底の様子を描写したかは、一読すればわかってしまうものです。本作は、当然前者です。もりなつきの感覚が非常に身体的であることから、それがわかります。

もりなつきは、五感をフルに稼働させ、自分の外の世界を受信します。視覚や聴覚は好意的な描写に使用されることもありますが、触覚、味覚、嗅覚といった体内への侵入度合いが高い感覚に関しては、主にネガティブな表現に用いられます。知らぬうちに穿《は》かされていたおむつ然り、幼稚園の汁っぽい給食然り、幼稚園の不潔なトイレの視覚情報が、すぐさま口内に溜まる唾液に変換されるさま然り。皮膚感覚を通して途切れることなく綴られる生々しい嫌悪感こそが、能町さんが海の底深くに潜ってきた証《あかし》だと思います。

単行本の帯文で、私はもりなつきのことを「早熟で非凡」と記しました。しかし、解説を書くにあたり、考えを少し改めることにしました。彼は非常に子どもじみています。

本物の子どもを「子どもじみている」と評するのは不適切かもしれませんが、尊大な自己認識とナイーブな精神はまさに、子どもじみた大人の特徴そのものです。こういう大人を私は大勢知っています。私自身の気質でもあります。

もりなつきの、自分だけが俯瞰の目を持っていると信じてしまうような幼稚さは、未熟という意味で子どもじみている。おもらしをしてもおかしくない年齢の子どもなのだから未熟で当然ですが、彼は子どもらしからぬ観察力や集中力、創作表現力を備えていることも確かなので、早熟でもあります。

早熟であるがゆえに、未熟さが際立つ。際立った己の未熟さを、大人顔負けの観察力で認知する。もりなつきは過度にアンバランスで、自身のそれを許せるほど大人ではない。周囲を見下しながら、ペンちゃんのようにはコントロールできない他者を恐れてもいます。能町さんはそこを十分に理解した上で、小さな、しかし彼にとってのすべてである世界を注意深く観察するもりなつきを、同じように観察し描いているように感じます。

本作を読んで最初に連想したのは、バーネットの『秘密の花園』でした。ふたつの物語は非常に対照的であり、相似してもいます。

『秘密の花園』は、愛されることのないまま両親を失ったメアリが、偶然見つけた花園で庭師のベンやほかの子どもたちとの交流を経て心を育て、成長していく児童文学です。一方、本作は家族に愛され、親きょうだいといる限りは幸せな空間を保てるもりなつきが、幼稚園で望まぬ交流を経て心を育てていきます。彼にとっての秘密の花園であるおゆうぎの部屋は、彼が彼自身であることを取り戻す避難所です。

メアリはもりなつきと同じく気難しい子どもながら、翻訳本を読む限りでは、理解しやすい感覚の持ち主です。大人が大人の感性で描いた子どもですから、安心して読み進めていくことができます。読み手が大人である限り、気づきも含めてメアリを他者と認識することができる。メアリは一貫して「大人が想像する子ども」として描かれているため、読み手とメアリの境界線があいまいになることがありません。

もりなつきは、そうはいきません。操る言葉は明らかに大人のそれでいながら、生々しく排他的で脆弱な感性は明らかに子どものものです。読み進めていくうち、読み手の中にも存在したであろう過去の身体的反応が呼び起こされ、しかし筆致が大人びているために、同質の感覚がまだ自身に内在していることにも気づかされます。メアリのように自分と切り離して捉えることが、どんどん難しくなっていきます。

二人は非常に対照的であると同時に、自分が孤独であること、愛され方を知らないこと、受容されたい願望を強く持っていることに無自覚という点で相似しています。

望むと望まないとにかかわらず、他者との交流を通し情緒を発達させていく点も同じです。どちらも、他者の介在によって社会性が育まれる成長譚です。

メアリには偏屈な庭師や従兄弟のコリンという自分と似た性質を持つ人物や、ディコンとその家族という対照的な存在との交流、そして命を吹き返した花園とのふれあいが情操教育となります。

もりなつきの周囲にもさまざまな人物が存在しますが、救世主である花川先生以上に鮮烈な人物がえんどうしずこです。圧倒的な生命力を漲《みなぎ》らせ、やすやすともりなつきに侵入してくるさまは、性的ですらあります。身体的特徴や振る舞いなど、えんどうしずこの在りようが性的とも言えます。家族ではない同世代の子どもの前で、もりなつきが大人の鎧《よろい》を脱ぐのはえんどうしずこと二人きりのときだけです。おゆうぎの部屋のマット内での二人は、私にセックスを想像させました。彼女の存在が、児童文学の名作との大きな相違点です。

この、セックスを知らない時代の性的気質を帯びたやり取りこそが、もりなつきにとって最大の情操教育であり、彼に新しいシナプスを授けた重要な場面だと私は解釈しています。他者による受容を担当したのは主に花川先生で、他者の心と体を自分のそれらと近づける高揚を教えたのはえんどうしずこだと。えんどうしずことの邂逅があるかないかで、本作の性質はだいぶ変わってくるでしょう。

あんなに嫌いだった幼稚園の、卒園式のあとに泣いてしまったもりなつきは非常に子どもらしい。もりなつきと私を分ける境界線がハッキリして、ホッと胸をなでおろす場面です。ここではえんどうしずこの母親しか登場しません。もりなつきはもう、えんどうしずこのことなど頭にないでしょう。

大人になっても、もりなつきと外の世界を隔てる被膜が簡単に破られることはないと推測します。彼は再びえんどうしずこのような、密度の高い質量で被膜をやさしく破ってくれる存在に出会えるでしょうか。無菌室に、再び花を咲かせることができるでしょうか。

彼がそれを望んでいるかはわかりませんが、もりなつきの中にわずかながら自身を見出してしまった私は、頭からしばらくそのことを追い出せませんでした。

私を含めた子どもじみた大人たちの多くは、孤独をうまく飼いならしながら生きている。そして、どこかでえんどうしずこを待っている。

他者からの受容だけでは得られない興奮が存在することを、生々しく喚起させてくれる点が、本作が優れた大人向け文学である所以《ゆえん》です。

――コラムニスト・ラジオパーソナリティ

この作品は二〇一八年十一月小社より刊行されたものです。

幻冬舎文庫

●好評既刊
ときめかない日記
能町みね子

誰ともつきあわず26歳になってしまっためい子は親友の同棲や母親からのお見合い話に焦りだして……。26歳(処女)、するべきことってセックスなの？　ヒリヒリ感に共鳴女子続出の異色マンガ。

●好評既刊
うっかり鉄道
能町みね子

「平成22年2月22日の死闘」「琺瑯看板フェティシズム」「あぶない！　江ノ電」など、タイトルからして珍妙な脱力系・乗り鉄イラストエッセイ。本書を読めば、あなたも鉄道旅に出たくなる！

●最新刊
ご飯の島の美味しい話
飯島奈美

映画「かもめ食堂」でフィンランド人スタッフに大好評だった、おにぎり。「夜中にお腹がすいて困るよ」と言われたドラマ「深夜食堂」の豚汁。人気フードスタイリストの温かで誠実なエッセイ。

●最新刊
ああ、だから一人はいやなんだ。2
いとうあさこ

セブ旅行で買った、ワガママボディにぴったりのビキニ。気づいたら号泣していた「ボヘミアン・ラプソディ」の〝胸アツ応援上映〟。〝あちこち衰えあさこ〟の、ただただ一生懸命な毎日。

●最新刊
そして旅にいる
加藤千恵

心の隙間に、旅はそっと寄り添ってくれる。北海道、大阪、伊豆、千葉、香港、ハワイ、ニュージーランド、ミャンマー。国内外を舞台に、恋愛小説の名手が描く優しく繊細な旅小説8篇。

幻冬舎文庫

●最新刊
愛と追憶の泥濘《ぬかるみ》
坂井希久子

婚活真っ最中の柿谷莉歩にできた彼氏、宮田博之は大手企業のイケメン敏腕営業マン。そのどこまでも優しい人柄に莉歩はベタ惚れ。だが博之には、「勃起障害」という深刻な悩みがあった……。

●最新刊
意地でも旅するフィンランド
芹澤　桂

ヘルシンキ在住旅好き夫婦。暗黒の冬のフィンランドから逃れ、日差しを求めて世界各国飛び回る。つわり、子連れ、宿なしトイレなし関係なし！　馬鹿馬鹿しいほど本気で本音の珍道中旅エッセイ！

●最新刊
特別な人生を、私にだけ下さい。
はあちゅう

ユカ、33歳、専業主婦。一人で過ごす夜に耐え切れず、ツイッターに裏アカウントを作る。表で「普通の人」でいるために、裏で息抜きを必要とする人々。欲望と寂しさの果てに光を摑む物語。

●最新刊
4 Unique Girls
特別なあなたへの招待状
山田詠美

あなた自身の言葉で、人生を語る勇気を持って。日々のうつろいの中で気付いたこと、そこから生まれる喜怒哀楽や疑問点を言葉にして〝成熟した大人の女〟を目指す、愛ある独断と偏見67篇!!

●最新刊
さらに、やめてみた。
自分のままで生きられるようになる、暮らし方・考え方
わたなべぽん

サンダルやアイロン、クレジットカード、趣味のサークル活動から夫婦の共同貯金まで。「こうあるべき」をやめてみたら本当にやりたいことが見えてきた。実体験エッセイ漫画、感動の完結編。

私以外《わたしいがい》みんな不潔《ふけつ》

能町《のうまち》みね子《こ》

令和4年2月10日　初版発行

発行人――石原正康
編集人――高部真人
発行所――株式会社幻冬舎
〒151-0051東京都渋谷区千駄ケ谷4-9-7
電話　03(5411)6222(営業)
03(5411)6211(編集)
振替00120-8-767643
印刷・製本―中央精版印刷株式会社
装丁者――高橋雅之

検印廃止
万一、落丁乱丁のある場合は送料小社負担でお取替致します。小社宛にお送り下さい。

本書の一部あるいは全部を無断で複写複製することは、法律で認められた場合を除き、著作権の侵害となります。

定価はカバーに表示してあります。

Printed in Japan © Mineko Nomachi 2022

幻冬舎文庫

ISBN978-4-344-43169-0　C0193　の-9-3

幻冬舎ホームページアドレス　https://www.gentosha.co.jp/
この本に関するご意見・ご感想をメールでお寄せいただく場合は、
comment@gentosha.co.jpまで。